JEANNE CHEZ LES AUTRES

MARIE LAROCQUE

JEANNE CHEZ LES AUTRES

TÊTE[PREMIÈRE]

Nous remercions le Conseil des Arts du Canada de l'aide accordée à notre programme de publication, et la SODEC pour son appui financier en vertu du Programme d'aide aux entreprises du livre et de l'édition spécialisée.

Nous reconnaissons l'aide financière du gouvernement du Canada par l'entremise du Programme d'aide au développement de l'industrie de l'édition (PADIÉ) pour nos activités d'édition.

Gouvernement du Québec — Programme de crédits d'impôt pour l'édition de livres — Gestion SODEC

Conception graphique de la couverture : Marc-Antoine Rousseau
Conception typographique : Marc-Antoine Rousseau
Mise en page : Marie Blanchard
Révision linguistique : Fleur Neesham
Correction d'épreuves : Pierre-Yves Villeneuve

Dépôt légal — 3ᵉ trimestre 2013
Bibliothèque et Archives nationales du Québec
Bibliothèque et Archives Canada

ISBN 978-2-924207-161

Imprimé au Canada

Catalogage avant publication de Bibliothèque et Archives nationales du Québec et Bibliothèque et Archives Canada

Larocque, Marie, 1970-

  Jeanne chez les autres
  (Tête première)
  ISBN 978-2-924207-16-1

  I. Titre.

PS8623.A762J42 2013   C843'.6   C2013-941556-4
PS9623.A762J42 2013

À ma mère. Pour faire comme si elle était pas morte.

Le secret du bonheur, c'est d'être heureux.

Pierre Légaré

La romancière Jeanne Fournier est morte.

À Montréal, le 22 septembre 1990, à l'âge de vingt ans, est décédée de cause accidentelle la romancière Jeanne Fournier, fille d'Élizabeth Hamelin et de René Fournier.

Découverte en 1989 par l'animateur Gaston Gingras, Jeanne Fournier s'est distinguée la même année avec la publication de son roman *Marie chez les Autres*, publié en France aux éditions du Scorpion.

Outre ses parents, la jeune auteure laisse dans le deuil son fils de dix-huit mois, Loïc Fournier, ses trois sœurs, Nathalie, Chantal et Julie Fournier, sa grand-mère Rosanna Hamelin, ainsi que de nombreux amis.

Ses funérailles auront lieu ce jeudi 27 septembre, sur la berge du lac Alouette, dans les Laurentides.

Au lieu de dons, la famille Fournier demande au public de faire parvenir des fleurs, jaunes si possible.

Le Journal de Jeanne

Montréal, 10 décembre 1983

J'ai encore treize ans. Il me reste trois semaines de cet âge-là. Tout le monde dit que c'est un chiffre malchanceux, mais c'est niaiseux, je suis sûre que c'est la plus belle année de ma vie. Depuis le temps qu'elle répète la même affaire, je pensais jamais que ma mère divorcerait pour de vrai. Ça fait depuis toute ma vie qu'elle dit ça. Même quand j'étais bébé, même quand je m'en souviens pas. J'suis sûre.

Quand j'ai dit ça à Jessica, elle en revenait pas elle non plus. Pauvre elle, ses parents continuent de rester ensemble, pis sa mère parle même pas de s'en aller. Mais moi, c'est fini pour de vrai, même que la police est venue l'autre soir pour dire à mon père qu'il avait pas le droit de s'approcher de notre nouvelle maison. Trop cool. Une chance que ça existe, la police, sinon je pourrais pas écrire ça. C'est impossible, écrire, quand on se fait assommer avec une pelle. Hihihi!

Mes sœurs sont folles. Elles braillent à cause de ça. Franchement! Que c'est qu'elles lui trouvaient? Je comprends pas. Pas toutes mes sœurs, juste Chantal pis Julie. Ma grande sœur Nathalie est aussi contente que moi, même si ça change rien dans sa vie vu qu'elle reste plus avec nous autres. La maudite chanceuse, il paraît que mon père c'était pas son père. C'est mon mononcle Alain qui lui a dit ça, pendant qu'il était saoul. C'est pas juste, je trouve. J'aimerais ça moi aussi que quelqu'un me dise que mon père, c'est un autre. Même imaginaire. Juste quelqu'un d'autre. N'importe qui sauf lui.

Mon mononcle Serge s'est marié la semaine passée. Un divorce pis un mariage la même semaine, c'est poétique quand on y pense. En tout cas c'était trop malade, j'ai bu toutes sortes d'affaires avec ma cousine pis on s'est retrouvées saoules comme des grands-mères. Hahahaha ! Ma mère a capoté ben raide, elle m'a crissé sa main sur la yeule pour je sais pu quoi mais ça m'a juste fait rire de toute façon. C'est l'fun être saoul, je comprends mieux les autres d'aimer ça autant. Tu penses à rien pis tu ris, tu ris, tu ris. De n'importe quoi, de toutes sortes de niaiseries. Ouin, j'ai vraiment beaucoup aimé ça.

En attendant le prochain party de famille, je pense que je vais écrire une carte de Noël spéciale pour ma mère. C'est pas encore le temps, mais j'ai trop le goût de lui dire merci. Pu de père. Oh yeah !

Je suis tellement contente que j'aurais le goût de sortir dehors pis de crier YOUPPPPPPI super fort. Mais je peux pas faire ça, le monde va savoir que je suis folle.

Maudit que je commence à aimer ma vie.

PREMIÈRE PARTIE

PREMIER TABLEAU

La bâtarde

Montréal, juin 1964

Les Hamelin se fondaient dans le voisinage comme des bouquins sur un rayon. Des classiques du Plateau Mont-Royal. Les deux époux étaient petits et frêles, avaient les cheveux foncés qui commençaient à grisonner et le teint jaune comme des filtres de cigarettes : ils fumaient comme une chaîne de montage. À l'avant de leurs visages, deux dentiers bien solides étincelaient comme des taches de propreté sur un plancher douteux. Des classiques, tout à fait.

Peu instruit, le couple Hamelin n'était pas malheureux. Raoul Hamelin était peintre-lettreur et sa femme, Rosanna, charmante. Le couple avait cinq enfants. Quatre garçons, une fille. Tout ce beau monde se serrait dans un petit logement sur la rue Saint-Dominique, sauf quand les plus âgés allaient faire un tour en prison. Pas souvent ni longtemps, mais régulièrement.

Leur fille, Élizabeth Hamelin, était une longue adolescente maigrelette de seize ans, plutôt jolie mais complexée par son nez qu'elle trouvait trop long et qui ne l'était pas. Son regard allumé et effronté plaisait. La jeune fille avait les cheveux brun foncé, ni raides ni bouclés, qu'elle coiffait comme elle s'habillait : avec plus de soin que de goût.

Élizabeth avait quitté l'école deux ans plus tôt et travaillait désormais à temps plein dans une manufacture de cigares. Cet emploi lui permettait de verser une petite pension à ses parents, de se croire indépendante et de se payer une virée la fin de semaine. Deux hot-dogs au Montreal Pool Room, une sortie au cinéma ou une crème glacée chez Paquette, et la jeune Hamelin était heureuse comme on peut l'être à seize ans.

La jeune fille n'avait pas de petit ami. Quelques jeunes hommes de la manufacture lui faisaient la cour, mais elle les trouvait trop laids, trop jeunes ou trop pauvres pour leur manifester un quelconque intérêt. Grande lectrice de petits romans, Élizabeth se promettait de sortir un jour de son trou de *bums*, au bras d'un vrai Monsieur. Un homme qui ne boirait pas, qui ne volerait pas et qui serait toujours poli. Il serait beau aussi, mais pas trop.

Ce jour arriva et l'élu finit par avoir un nom : Henri Lafleur. Un vendeur de voitures usagées, quarante-huit ans, marié et père de trois grands enfants.

Leur relation ne dura pas longtemps. Deux mois à peine et...

— Penses-y comme il faut, ma belle Lizon, avait dit Henri. C'est pas juste toute ma vie à moé que tu vas gâcher, hein ? C'est la tienne avec.

— ...

— Mais t'as rien que seize ans, bon sang ! Quessé que tu veux faire avec un bébé ?

Élizabeth pleurait, le vieux bafouillait. Découragé, il était reparti.

La femme d'Henri n'entendit jamais parler de la première fille d'Élizabeth Hamelin, qui naquit sept mois plus tard. Le vieux Lafleur tenait à sa réputation.

DEUXIÈME TABLEAU

Jeanne

Six ans plus tard…

Montréal, le 6 janvier 1970

— Ma cenne est là, j'veux juste voir, dit Georgette Brisebois en déposant un sou sur la table.

— Moé, j'te *raise*[1] ça à deux cennes, répliqua Élizabeth.

Puis, à l'intention des autres, elle ajouta :

— Y'a rien, chu sûre. Checkez-y la face !

Chacun considéra sa mise en silence, comme si une fortune était en jeu. La partie de poker se jouait dans la cuisine des Fournier, comme chaque soir sur deux. Les joueurs arrivaient vers dix-neuf heures, s'installaient sur des chaises en cuirette autour de la longue table ovale en contreplaqué, cigarettes, verre et sous noirs à portée de main. Une fois la partie commencée, on ne bougeait plus de la soirée.

Ces parties de poker étaient prétextes à potiner sur les autres, à se raconter ses propres riens de la journée, à se donner l'impression d'être occupé et à coucher les enfants tôt.

---

1   *Augmenter la mise, aux cartes.*

Autour de vingt-deux heures, René Fournier quittait invariablement la partie pour servir des «hors-d'œuvre». Les mains se bousculaient alors autour des biscuits soda garnis de Velveeta, présentés dans de grandes assiettes brunes. Les soirs de paie – deux fois par mois –, Fournier ajoutait, selon son humeur et son incommensurable fantaisie, des saucisses enroulées de bacon ou de petits sandwichs décroûtés, découpés en triangle. Chacun apportait qui sa bière, qui son Kik Cola, qui encore sa bouteille de gros gin. La soirée finissait généralement après la dernière gorgée, aux alentours de minuit.

Élizabeth Hamelin était devenue Élizabeth Fournier presque cinq ans auparavant, quand elle s'était (encore) mise à vomir tous les matins. Chantal Fournier était «en route» et sa mère avait tranché: «Deux enfants? J'trouve que tu charries, ma p'tite fille, pis tu vas m'faire le plaisir d'aller charrier ailleurs.»

René avait dix ans de plus que sa femme et avait aussitôt pris des airs de grand propriétaire en laissant, entre autres, sa moustache s'allonger un brin. En épousant Élizabeth, il avait légalement adopté «la bâtarde» de Lafleur, qu'il appelait parfois aussi Nathalie et qu'il n'aimait pas. Le mépris des Hamelin à son endroit le blessait; il ne le concevait pas. «Crisse, j'ai ramassé les vidanges de l'autre, ils pourraient me remercier!» se disait-il, et pas si bas que ça.

Georgette Brisebois et Rosanna Hamelin, l'une flanquée de son sac à main, l'autre de son fils, prenaient place côte à côte, en dépit de leur éternelle mésentente. Les deux sœurs se méprisaient ouvertement, mais où l'on trouvait l'une, on trouvait l'autre.

— C'est à ton tour de jouer. Crisse, aweye, disait l'une.

— Hey, calme-toé le poil des jambes, répondait l'autre.

Divorcée et mère de cinq enfants, Georgette Brisebois, la plus jeune des sœurs de Rosanna, vivait son célibat le plus joyeusement du monde, entretenant sa fougue de jeune fille – croyait-elle – à grands coups de jeunes amants. À l'occasion, l'un d'eux l'accompagnait, mais rarement plus de deux ou trois fois ; la Brisebois se lassait rapidement de ses nouvelles recrues. À Alain qui lui demandait des nouvelles du dernier venu, elle répondit :

— J'ai besoin de fraîcheur, moé. J'suis faite de même ! Pis on s'entend-tu que je les ramasse pas pour jouer aux cartes ?

— Eh Seigneur ! Lâche-nous avec tes histoires de cul ! soupira Rosanna.

René et Georgette ajustèrent leur mise, Alain jeta ses cartes. Treize sous étaient en jeu.

— J'passe, dit Alain. J'ai rien que d'la marde, *anyway*.

Alain, frère d'Élizabeth et quatrième de la couvée Hamelin, parlait lentement, la voix épaissie par l'alcool. Ses grands gestes étaient lents et théâtraux, et la chemise rouge et jaune qu'il portait ce soir-là amplifiait encore l'image d'un acteur en scène. Cependant, le « public » regardait toujours ailleurs, dans la crainte justifiée de voir Alain se mettre à distribuer les insultes comme des peanuts au zoo : le frère d'Élizabeth était des plus prévisibles, une fois fin saoul. Autant dire tout le temps. Son Italien d'amant arrivait à le désamorcer facilement (« Tou té calmes ou jé m'en vais tout-dé-souite »), mais Léo n'était pas présent ce soir-là.

Officiellement, Léo et Alain se disaient bisexuels, mais on ne les avait jamais vus avec une dame autrement que pour faire causette. La famille n'y prêtait aucune attention ; ils auraient pu coucher avec des chameaux ou des boîtes aux lettres, on ne parlait pas de ces choses-là. « On est comme on naît, risquait seulement la jeune madame Fournier. C'est pas toutes les singes qui aiment les guenons. »

Alain Hamelin était un malin. Il achetait des lots de bagues et de montres — du toc de manufacture — à cinquante dollars la douzaine. L'après-midi, il allait errer dans les stationnements des gares ou des centres commerciaux pour y flairer les poissons potentiels. L'idée, c'était de les approcher en roulant des yeux comme un voleur qui a vu trop de films, puis de ferrer les naïfs avec un bijou unique, montré sous la veste. À environ 300 dollars la vente, selon la coupe de cheveux et les souliers du client, Alain se faisait une petite fortune en quelques heures. Et des tas de nouveaux amis. Parce que flamber son argent dans des beuveries monumentales était une autre de ses légendaires qualités.

Alain détestait René Fournier avec une sorte de passion. « Ah ! Le Rat, disait-il de son beau-frère. Fourre-Nié pis fourre-tout-l'monde, stie ! » Cinq ans plus tôt, la colère l'avait d'abord fait déborder sur sa sœur : « Câlisse, Lizon, c'est quoi l'idée de tomber enceinte d'un crotté pareil ? L'histoire du vieux Lafleur, ça t'a pas guérie, ostie ? » Une manière maladroite de lui dire qu'il était triste qu'elle parte ; le frère et la sœur s'adoraient.

Lorsqu'Alain reposa son verre vide et étendit le bras pour se resservir, Georgette l'intercepta d'un geste.

— Tu trouves pas que tu y vas un peu fort ? demanda-t-elle à son neveu.

— Hey, ma p'tite matante ! Commence pas d'bonne heure de même, estie…

Une paire de rois, un brelan, Élizabeth l'emporta.

Elle lâcha un petit cri de surprise, qu'on attribua d'abord à son enthousiasme. La jeune femme ramassa son argent, le fourra prestement dans un « porte-sous » qu'elle mit dans sa veste avant d'éteindre sa cigarette et de déclarer calmement, les deux mains à plat sur son énorme ventre :

— Bon ben… J'pense qu'il faut y aller.

Chacun — sa mère, son mari, son frère et sa tante — suivit son regard vers la flaque qui ruisselait déjà sous la table et dans laquelle Rosanna et Georgette trempaient les pieds.

— Ah ben, crisse! dit Georgette. Ça va être moé sa marraine d'abord! As-tu vu ça, Lizon, ta fille me colle déjà aux pieds!

René, muet jusqu'alors, éructa presque:

— Ça va être un gars. C'te fois-là, c't'un gars. Hein, mon ti-gars, reprit-il en faisant mine d'entourer le ventre de sa femme.

Rosanna, pour sa part indifférente au liquide qui pénétrait ses pantoufles, dirigeait sa fille.

— Enweye, Lizon! Laisse faire l'argent, franchement. T'as-tu faite ta valise? Est où?

Le couple quitta le logement. René s'était emparé du petit bagage sans un mot et était descendu devant. Sa femme le suivait en se dandinant, une main sur le ventre et l'autre bien accrochée à la rampe. Ils n'avaient qu'un étage à descendre.

Aussitôt la porte refermée, Alain leva son verre et déclara solennellement:

— Tabarnac que j'y souhaite une autre fille, à c't'ostie de rat-là!

— Câlisse, Alain! On dit pas des affaires de même, voyons! lui répondit Georgette. C'est ton beau-frère, pareil.

— Beau-frère tant que tu veux, pour moé, c'est rien qu'un ostie de rat.

— Toé, j'te dis, quand tu bois… soupira Georgette.

Alain allait répliquer, mais Georgette, juchée sur ses quatre pieds onze, lui lançait déjà son manteau sur les épaules.

— C't'assez! Enweye, Alain, habille, on s'en va. T'as assez bu pis j'fatiguée.

Rosanna salua sa sœur et son fils, vérifia que la porte était barrée et que les deux petites Fournier dormaient bien. Nathalie comme Chantal furent couvertes jusqu'au menton.

La mère s'installa dans le salon de sa fille, se berça quelque temps, s'étendit sur le sofa, puis s'endormit.

Au matin le téléphone sonna. Rosanna s'alluma une cigarette avant de répondre.

— Allo, m'man? dit la voix d'Élizabeth. C'est moé. René est allé déjeuner…

— Pis? C'est quoi? l'interrompit Rosanna.

— Une fille, voyons! J'te l'avais dit, pis est exactement comme je la voyais. Hey! Même les sœurs sont pâmées dessus.

— …

— En tout cas, j'te dis que René, y'est pas fier là ! Pfff ! Comme si j'avais le goût d'un p'tit gars ! Y m'semble que…

— Tu sors quand ? coupa sa mère, que ce bavardage ennuyait.

— Demain. Demain matin, répondit Élizabeth. Mais René va coucher à maison à soir, tu peux y laisser les filles.

— J'vas les emmener chez nous. J'viendrai te les porter demain. Faut que j'te laisse, là, mon café va v'nir frette.

Rosanna raccrocha et décida qu'un café était une bonne idée. Elle fit chauffer de l'eau.

Le lendemain, elle se présenta chez sa fille vers dix heures. Elle se dirigea vers la chambre d'Élizabeth, gratta sèchement la porte et disparut aussitôt derrière.

Sans un mot, Rosanna prit l'enfant dans le grand tiroir qui lui servait de moïse, la déposa sur le lit et entreprit de la démailloter. Le geste précis, elle compta les doigts et les orteils, vérifia que les oreilles étaient bien parallèles au crâne, chercha sur tout le petit corps une tache de naissance qu'elle ne trouva pas. Enfin, elle parut satisfaite et remomifia le tout. Elle souriait.

— Elle m'a l'air ben en santé, dit-elle, elle a une belle couleur. Félicitations.

Elle posa les lèvres une seconde sur le front de sa petite-fille, maladroite.

— J'vais l'appeler Jeanne, dit Élizabeth

— Jeanne... Ça fait pas un peu vieux quand t'es jeune ?

TROISIÈME TABLEAU

La marraine

Trois ans plus tard…

Montréal, juillet 1973

Elles étaient quatre, désormais. Une Julie avait suivi Jeanne à peine un an plus tard, au grand dam d'Élizabeth qui ne voulait plus d'enfants et de René qui ne voulait plus de filles. Comme si ça ne suffisait pas, la petite dernière était un véritable monstre, toujours en train de piquer une crise pour un non, pour un jouet, pour un rien. Une plaie.

Les quatre filles ne s'entendaient pas. Rares étaient les heures qui passaient sans que l'une ou l'autre ne vienne se plaindre que « la grande », « la petite » ou « la vache » l'avait frappée. Selon son humeur et la disposition des astres, Élizabeth envoyait la coupable dans sa chambre ou explosait devant la « victime », d'une voix aigre, littéralement crachée, qui lui donnait un air de sorcière enragée : « Eh tabarnac ! Quessé que vous voulez ? Ma vie ? Ma peau ? Mon sang ? Câlissez-moi donc patience, estie ! » Ces fois-là, c'était la victime mystérieusement vouvoyée qui finissait recluse.

Élizabeth et René étaient comme deux aimants retournés qui se repoussaient quel que soit l'angle de contact, mais liés par les enfants et les comptes à payer. Fournier cultivait les défauts et les travers comme d'autres les tulipes, et Élizabeth était parfaitement dépourvue de ce tempérament passif de femme-qui-peut-tout-supporter. Un couple qui ne pouvait pas marcher. Mais qui durait.

Élizabeth était aux antipodes de la vie dont elle avait rêvé, jeune fille. Il est de ces jours que l'on voudrait rayer de son existence, et pour Élizabeth, ce jour-là était celui où ses deux grands frères étaient sortis de prison avec leur complice de vol, René Fournier. On avait rudement célébré, ce soir-là, chez les Hamelin, et Élizabeth, toute à la joie des retrouvailles, s'était tout naturellement pendue au cou du « collègue » de ses frères, avant de se faire engrosser sur le sofa quand tout le monde avait été couché. René lui avait juré qu'il « faisait attention » ; ça n'avait pas fonctionné.

Il n'y avait qu'à son ami Léo qu'Élizabeth pouvait se confier. Les autres la jugeaient responsable de son malheur, comme si commettre une erreur devait fatalement entraîner une suite de catastrophes sans fin. Divorcer était exclu. Non par principe, mais par nécessité ; on ne se met pas soi-même à la rue avec des enfants, raisonnait la jeune mère.

Un jour, Rosanna avait amené sa fille chez un médecin compréhensif qui avait rapidement saisi l'ampleur du problème.

La jeune femme épuisée et maigre comme une échalote desséchée était repartie avec une prescription de Valium, à prendre au besoin. Le quotidien d'Élizabeth avait alors radicalement changé, pour son plus grand bonheur et celui de ses quatre filles. La même mère, mais plus calme. Elle criait encore, mais de moins en moins fort.

Élizabeth était une drôle de mère, maternelle à l'extrême ou pas du tout, selon son état comme selon l'enfant. Chantal, qu'elle portait déjà depuis plusieurs mois lorsqu'elle se retrouva devant l'autel, lui déplaisait viscéralement. C'était la fille de René, la Chantal, pas la sienne. Même chose pour la Julie, mais pour des raisons différentes : la petite dernière était surtout une enfant déplaisante.

De toutes ses filles, Jeanne était sa préférée et Élizabeth ne s'en cachait pas. Dès la naissance, elle était tombée follement amoureuse de ce joli poupon calme comme une photocopie. « Elle fitte dans mes mains », avait dit la jeune mère la première fois qu'elle l'avait tenue. Une affection géométrique.

La petite Jeanne avait des cheveux auburn et bouclés, que sa mère lui coiffait en boudins, et un regard brun foncé, timide et perçant à la fois. Pour le reste, un petit visage classique sur lequel il n'y avait rien à replacer et une peau douce et sans aspérités pour recouvrir le tout. Une belle enfant.

René Fournier, au contraire de sa femme, n'aurait su dessiner sa fille de mémoire. Il l'avait méprisée aussitôt qu'on lui en avait annoncé le sexe, puis l'avait tranquillement ignorée. Sa conscience était en paix ; le mari d'Élizabeth avait fini par se persuader que Jeanne était une autre bâtarde.

Son orgueil, en revanche, avait saigné un coup. La jubilation d'Élizabeth surtout l'avait abattu. Il avait trop parlé, aussi. Quelle honte d'avoir prédit, prévu, claironné, voire hurlé que l'enfant serait un garçon. Sa fille… « Pfff! » se disait-il.

La naissance de Julie, qui tomba par hasard le même jour de l'année suivante, fut différente. René Fournier avait renoncé à produire un « Junior » et n'en parlait plus. De fait, il s'inclina. Et se détacha tout à fait de ces quatre filles qui portaient son nom mais ne lui ressemblaient pas.

— Tu t'habilles pas pour v'nir chez matante Georgette ? demanda Élizabeth à son mari.

— Woff. J'irai pas finalement. M'as laver mon char pis faire mes affaires.

— C'est ben correct, dit seulement Élizabeth.

Ce jour-là, c'était l'anniversaire de Georgette Brisebois, la marraine de Jeanne et d'Élizabeth. Comme Fournier évitait de plus en plus sa belle-famille, personne ne s'attendait à sa présence ni ne déplorerait son absence. Inutile de préparer une excuse : laver son char, c'était « ben correct ».

— Nathaliiiiiiie ! Chantalllllllll ! Grouillez-vous donc, câlisse !

Élizabeth jurait comme d'autres se grattaient : tout le temps, pour rien le plus souvent. Une forme de ponctuation qui marquait ou l'enthousiasme ou la colère, mais qui était sans effet sur les petites Fournier, trop habituées. En privé, pas de raccourcis : les « estie de crisse de câlisse de tabarnac » pleuvaient sur les filles sans arrêt ni abréviation ; le chapelet était déjà épuisé à midi. En public, c'était bien plus drôle. Élizabeth ravalait ses *tabarnac* dans une sorte de mugissement intérieur : « tbnc ». Des lèvres essayant de s'avaler elles-mêmes, un son qui voulait sortir mais qui n'osait pas. Ses plus grandes filles l'imitaient à merveille.

Enfin, Chantal et Nathalie sortirent, le charmant convoi de la mère et de ses quatre filles put s'ébranler. On marcherait, Georgette habitait tout près dans le quartier.

On appelait la Georgette strictement par son prénom. Un surnom aurait paru inutile et incongru, le mot *Georgette* en soi était devenu une sorte d'épithète signifiant gaieté et indé-cence, folie et générosité. Georgette Brisebois était la ras-sembleuse de la famille et des amis, l'équivalent d'un arrêt au bistrot du coin : la dame était accueillante. Et elle savait cuisiner.

Pour souligner ses quarante-six ans, elle avait invité toute la parenté. Dans les faits, une petite dizaine se présenterait pour manger des spaghettis, boire quelques bières et en profiter pour rattraper les potins. Trois des enfants de Georgette seraient là : Nicole, Steve et Jean-Claude. Les deux plus âgés « travaillaient ».

— Mon parrain va-t-y être là ? demanda Jeanne à sa mère.

— Ben oui. Léo m'a même dit qu'il t'apporterait une surprise. Mais chut ! fais semblant que tu le sais pas.

— C'est pas juste ! grondèrent Nathalie et Chantal en canon.

— Grouillez-vous, j'ai dit, rappela mollement Élizabeth en guise de réponse.

Avant même d'apercevoir le perron de la fêtée, les Fournier perçurent les odeurs de la tomate, de l'ail, du laurier et de la marijuana. On approchait décidément de chez la tante Georgette.

Quand les Fournier entrèrent enfin et en bloc, sans sonner, Georgette, un tablier sali de sauce tomate autour de la taille, faisait son spectacle, debout au milieu de son petit salon, entourée de ses enfants et de quelques autres invités rassemblés sur les sofas. La cuillère de bois à la main, elle racontait une anecdote qui remontait à ses seize ou dix-sept ans. Elle avait été follement amoureuse d'un jeune homme qui l'avait quittée pour une autre province et qu'elle n'avait jamais revu. Elle concluait :

— Je pleurais des larmes de sang, je vous jure. Tellement que ma mère m'avait demandé : «Coudonc, Georgette, t'es-tu menstruée par les deux bouttes ?»

Elle riait encore quand elle aperçut les Fournier. Elle s'interrompit et alla les accueillir avec précipitation au milieu des rires. La courte tornade sur pattes faisait tout en vitesse.

— Ah ben, 'gardez-moé donc qui c'est qui est là ! Rentrez, rentrez.

À Élizabeth qui se penchait déjà elle ajouta :

— Ben non, gardez toutes vos *suliers*, on fera le ménage plus tard, pour l'amour !

Parfumée à outrance – «Du parfum, je fais juste en mettre, mais si je pourrais, j'en boirais», disait-elle souvent –, elle embrassa les petites Fournier tour à tour en commençant par sa filleule. Les quatre fillettes reculèrent instinctivement sous l'agression olfactive. Si le nuage qui entourait Georgette sur une largeur de deux mètres était difficile à supporter, la proximité, elle, était intolérable. Les deux aînées, Nathalie et Chantal, partirent vers les oncles et les tantes, les deux petites restèrent près de leur mère. Georgette retourna à sa sauce.

Des quatre frères d'Élizabeth, seuls Alain et Jacques étaient là : Alain avec son Léo, Jacques tout seul, comme d'habitude. Rosanna allait passer plus tard, peut-être.

Il était autour de 17 h 30. On s'attabla presque tout de suite et Georgette servit tout le monde, en habituée. Pour l'occasion, on avait sorti de ses gonds la porte de la salle à manger et on l'avait couchée sur la table ovale avant de masquer le tout d'une longue nappe colorée. On se serait cru à la cabane à sucre. Georgette caquetait.

— En tout cas, marci ben tout l'monde d'être v'nu. Chu ben contente. Si y'en a qui veulent de la bière, y'en a plein le frigidaire.

Les oh ! et les ah ! fusèrent un instant, puis le silence s'installa, plus flatteur que n'importe quel hommage. La cuisinière, ravie, en profita pour meubler l'espace sonore.

— J'vous ai-tu conté ça ? commença-t-elle.

Une histoire drôle suivit : une altercation rapportée à la Georgette. Elle parlait des gens comme de coqs, de poules, de poussins ou de dindes et faisait rire même les enfants, qui ne comprenaient rien à ces histoires de volatiles en rut ou en calvaire. Elle concluait :

— J'y ai dit : « Toé, mon estie de Française de France à marde, tu viendras pas m'dire comment moé j'vas parler chez nous, t'as-tu compris ? »

On parla des Français un moment, en prenant des mines et des accents :

— Voûs poûvez me passer le bheu-reu ?

Puis on revint au sujet de prédilection :

— M'as t'dire que la poule, elle avait d'la misère à marcher drette le lendemain. Hihihi, je l'sais, je l'connais. À grosseur de la pine qu'y'a, c'est pas une poule qui y faut, c't'une dinde !

Tout le monde rit ; l'ambiance était décidément à la bonne humeur.

Le téléphone sonna. C'était Rosanna. Elle ne passerait pas, finalement. On parla d'elle et de son Raoul un moment.

— Elle avait-tu l'air de ben filer ? demanda Élizabeth.

— Ben correct, répondit Georgette. Tu connais ta mère. Est tout le temps *fatiquée*.

— Ouin…

Rosanna vieillissait difficilement. Toujours une douleur ici et là : « Ah, mon Dieu, mes reins ! Seigneur, mes jambes ! Jésus, mon dos ! » Rosanna n'était pas particulièrement fervente, mais qu'elle quittât ou prît un siège, l'opération s'entendait bruyamment avant d'être détaillée longuement. Il faut dire qu'à force de ne pas le sortir, son corps avait pris le pli de sa chaise ; l'en extirper était toujours laborieux.

Les lectures de Rosanna se limitaient aux hebdomadaires *Photo* et *Allô Police*, mais elle n'en ratait pas une ligne. L'inviter à sortir, c'était comme appuyer sur le bouton PLAY d'une cassette de radiojournal : tout y passait, les meurtres, les viols, l'horoscope. Une promenade sans but ? Le comble de l'obscène ! Autant proposer à Rosanna d'aller déposer sa tête sur le bûcher et espérer que la mort soit rapide et pas trop humiliante.

Son mari sortait davantage. Un peu trop au goût de sa femme, ajouterait-on, même si les époux ne dormaient plus ensemble depuis des années. Comme Raoul Hamelin buvait passablement, venait toujours une heure où le savoir dehors était un calvaire pour cette femme discrète qui aurait préféré être peinte dans une tapisserie plutôt que de supporter une seconde la pensée de faire l'objet des ragots des voisines et de leurs ricanements mesquins. Elle connaissait assez le type de frasques de son mari pour craindre le jugement radical et sans appel des bonnes femmes à curé de la rue Mont-Royal.

Rosanna avait toujours secrètement un peu jalousé sa sœur Georgette, qui avait divorcé carrément de sa brute de mari malgré le jeune âge de leurs enfants. Le Brisebois la battait trop, la Georgette en avait eu plein le dos – au sens propre – et l'avait mis à la porte. Ce que les voisins penseraient d'une femme seule avec cinq enfants ? Georgette avait balayé l'air d'un geste de l'épaule et de la main, les narines plein nord-ouest de dédain. Rosanna, qui craignait autant les potins que les maladies, lui enviait cette assurance, cette force de caractère. Secrètement. Parce qu'à haute voix, elle méprisait tout de sa cadette.

La tablée discutait gaiement, les assiettes étaient torchées. Georgette avait commencé à distribuer des parts de gâteau aux enfants, et les adultes fumaient à qui mieux mieux lorsque l'on frappa à la porte.

— Qui c'est ça qui sonne à c't'heure-là ? gronda Georgette. Ça mange pas, c'te monde-là ?

Elle ricanait en allant ouvrir, tout heureuse de cette « belle grande visite » pour son anniversaire. Elle ricana moins quand elle se trouva face à deux policiers.

— Police. On peut entrer ?

Dans la cuisine, Alain Hamelin, sans un son, s'était éclipsé en faisant signe à son Léo de ne pas s'inquiéter. Mais les deux frères Brisebois avaient tendu l'oreille une seconde de trop, ils durent rester.

Lequel de leurs coups avait bien pu foirer ? Ce n'était pas nécessairement les trois qui étaient impliqués, songeait Steve.

« Quessé qu'y ont encore faite ? » se demandait Georgette.

« Estie de câlisse », soliloquait Jean-Claude.

L'un des agents coupa court aux supputations familiales en faisant irruption dans la cuisine. Il pointa un doigt vers Élizabeth en demandant :

— Nicole Brisebois ? Levez-vous.

— J'm'appelle pas Nicole pis j'm'appelle pas Brisebois, dit Élizabeth en haussant les épaules.

Nicole, les sourcils de travers, la cigarette pendante au bec et retenue par un épais rouge à lèvres, la robe déjà très courte encore relevée par la station assise, redressa la tête. De sa voix railleuse, elle dit simplement :

— C'est moé ça, Nicole. Quessé qu'y'a ? Quessé qui se passe, donc ?

— Pouvez-vous nous suivre, madame Brisebois ?

Nicole se leva, peu impressionnée. Comme ses frères, elle aussi respirait déjà mieux. Si c'était après elle que les policiers en avaient, ça ne risquait pas d'être bien grave. À part consommer deux ou trois sortes de drogue ici et là, Nicole ne faisait rien de vraiment illégal. La petite revente de coke aux autres danseuses chez Mado pour ses frères ne comptait pas : plusieurs de ses meilleurs clients en isoloir étaient des flics. Elle attrapa sa sacoche et ses cigarettes, salua tout le monde d'un rassurant « À tantôt ! » et suivit les agents en faisant bien claquer ses talons hauts.

Quand la porte se referma, les conversations reprirent bon train. D'aucuns affirmaient que Nicole s'était sûrement fait coincer par un agent double, d'autres qu'elle pouvait être seulement citée comme témoin dans un réseau. Ces derniers eurent à demi raison, mais ce n'était pas une histoire de drogue, comme chacun s'entendait à le penser.

Autour de la porte nappée, l'esprit demeurait à la fête, mais un soupçon d'inquiétude fatiguait les convives, même Léo, qui n'était pourtant pas de la famille. On espérait un appel, ou mieux encore, un retour rapide.

Comme d'habitude, Leonardo ne disait pas un mot. Autant le parrain de Jeanne pouvait être volubile en privé, autant il était timide en groupe. Bon public en revanche, Léo riait beaucoup, même des « jokes de fifs » ; il était apprécié pour cet humour passif que l'on appelait « ouverture d'esprit ». Assis entre Élizabeth et Alain, il buvait du *ginger ale* et suivait les réparties du Tribunal de cuisine improvisé, un tribunal sans cause encore connue mais érigé instantanément. On en était au procès des policiers, des bœufs, des poulets, des chiens, des cochons, selon qui s'exprimait. Ou encore, on synthétisait :

— Les tabarnacs, disait Georgette. Chaque fois qu'y rentrent icitte, y'enlèvent pas leu' z'osties de *suliers*. Là j'dis rien parce qu'il fait beau dewors, mais l'autre jour il mouillait, pis les enfants de chiennes, ils m'ont toute crotté mon plancher. C'tait pour qui encore, c'te fois-là, Steve ?

Steve avait oublié. On parla d'autre chose.

Jeanne tira son parrain par la manche.

— Mononcle Léo, maman m'a dit que t'avais une surprise pour moi.

— Jeanne ! commença Élizabeth. On demande pas…

Mais Léo fouillait déjà dans sa poche. Il en sortit un sac de bonbons et un stylo.

— Tou vas séparer les bonmbonms avec tes sères, mais lé créyon, c'est jisté pour toi, dit-il à une Jeanne perplexe qui aurait plutôt fait le contraire.

Un stylo ? Jeanne était perplexe.

On finit par manger le dessert, le café fut servi. Dans l'heure, on entendit des talons claquer à nouveau et la porte s'ouvrir avec un « Whouuuuuu ! » sonore qui fit se lever tout le monde, y compris les enfants. Nicole était de retour.

— C'tait rien pantoute, commença-t-elle. J'pense qu'y avaient juste le goût d'aller me montrer le cul aux autres ! Rharharharharha !

Un meurtre précédé d'un viol avait été commis derrière le bar La Mado la nuit passée, les policiers recherchaient des informations sur un client. Grand, mince, bien habillé et les cheveux courts bruns, il serait passé entre minuit et une heure du matin. Au poste, raconta Nicole, elle avait éclaté d'un rire gras.

— J'leu' z'ai dit : « Franchement, c'est-tu toute la moitié des clients qui y'ont sauté dessus, à pauvre ? » Pis vu qu'y riaient pas, ajouta-t-elle, j'leur ai dit la vérité : « C'est pas la couleur de leurs cheveux pis d'leurs yeux que les clients me demandent de leur r'garder, c'est la longueur de leur queue. » Rharharharharha !

— Des clients qui ont des queues ? demanda Jeanne. Tu travailles-tu avec des chiens, matante ?

— Rharharharharha! Ben des chiens pis ben des lapins, ma grande! répondit Nicole à la ronde, en riant de plus belle.

Nicole alla embrasser sa mère et caresser les cheveux de ses deux frères. Une belle famille, les Brisebois. Étonnamment soudée, la fratrie se comportait comme un clan : les mêmes codes tacites d'honneur et de fiabilité, de loyauté et de soutien. Et en prime, les cinq jeunes Brisebois s'aimaient réellement. Plus que des frères et sœurs condamnés à se connaître par accident, ils se seraient recherchés comme amis, on l'aurait juré, tant ils semblaient tous faits de la même pâte et sortis de la même fournée.

— Bon ben, nous autres, va falloir commencer à penser à y aller, dit Élizabeth.

— Déjà? s'exclamèrent les quatre Brisebois d'une seule voix.

— Déza? répéta la petite Jeanne avec une moue comique qui déclencha les rires de nouveau.

— Hey, Lizon, laisse-moé donc la p'tite, je vais te la ramener demain, dit Georgette.

Élizabeth était d'accord.

— Tu veux-tu rester chez matante, ma tite Jeanne d'Arc? ajouta Georgette en se penchant vers la plus jeune de ses filleules.

— Oui! répondit Jeanne. J'vais-t'y pouvoir aller au travail de matante Nicole?

QUATRIÈME TABLEAU

Leonardo Deverde

Trois ans plus tard…

Montréal, mai 1976

René Fournier, assis près du téléphone qui sonnait, ne fit pas un geste pour répondre.

— Réponds, toé, dit-il à sa femme. Chu sûr que c't'encore la vieille folle.

— C'est qui, la vieille folle ? demandèrent Jeanne et Julie, en chœur et dans le vide.

Élizabeth, agacée, finit par décrocher le combiné. C'était en effet madame Deverde.

— Oui, c'est moi, dit doucement Élizabeth.

(…)

— Non, j'ai pas eu de nouvelles.

(…)

— Non, Alain l'a pas vu non plus. Vous savez, madame Deverde, Alain le cherche, lui aussi, votre Léo. Pis y va l'trouver, vous savez ben. Arrêtez d'pleurer de même.

(…)

— Non. Non, non… Dites pas ça. Y va r'venir voyons !

(…)

— Y'a quarante ans, Léo, ça peut arriver, qu'il découche…

(…)

— Ça peut arriver, madame Deverde, ça peut arriver… Vous vous faites du mal, là. Pourquoi vous sortez pas prendre une p'tite marche ?

(…)

— J'comprends. Ben sûr, ben sûr, faut que vous soyez là. Il va sûrement retontir bientôt. En tout cas, on se rappelle quand qu'on a des nouvelles.

(…)

— Sûr et certain, madame Deverde. On se r'parle bientôt.

Élizabeth raccrocha et sourit. À quarante ans, son grand ami Léo faisait enfin, à sa connaissance, sa première fugue.

Tous les Hamelin aimaient Léo, le bel amant d'Alain entré dans la famille, on ne savait plus quand, tout naturellement. Son accent italien d'enfant couvé charmait, son air profondément timide rassurait. « Y'é tellement fin, c'te grand innocent », disait Georgette. « Ouin, c'est pas un mauvais gars », concédait Rosanna.

Élizabeth avait considéré son ami Léo comme parrain de Jeanne dès ses premières rondeurs. Il avait été très ému, en acceptant, ce qui avait beaucoup amusé la jeune mère. «Sont donc comiques, les Italiens», disait-elle.

Léo et Élizabeth se réunissaient régulièrement. Une tasse de thé dans la cuisine ou sur la galerie, une soupe au restaurant, une sortie au théâtre ou au cinéma : de menus plaisirs qu'ils transformaient en grands instants. Léo était une sorte de confidente pour Élizabeth, son ami de femme dans un corps d'homme.

Enfant unique d'un parent unique – monsieur Deverde était mort avant la naissance de Léo –, le jeune homme n'avait jamais cherché à s'égarer loin des serres de sa mère. Reinata adorait son fils comme elle avait adoré son mari. Exclusivement. Son Léo était devenu en quelque sorte son second époux.

À quarante ans, Léo était assez bel homme. Sa calvitie de plus en plus marquée lui donnait l'air d'un intellectuel, ses grands yeux bleus, celui d'un ange. Il était grand et carré sans être trop musclé ; un homme somme toute ordinaire, décidément charismatique. Contrairement à Alain qui n'avait cure de l'opinion des autres, Léo refusait de s'afficher homosexuel en public, même restreint. Il avait honte de son penchant pour ses semblables. Il aurait voulu avoir des enfants et mener une vie «normale».

Un jour, alors qu'il se baladait avec Alain, une bande de jeunes travailleurs de la construction les avait insultés.

— Esties de tapettes, c'tu bon sucer des queues ? avaient-ils beuglé.

Léo avait voulu s'enfuir, mais Alain s'était arrêté sec.

— C'pas pire, avait répondu Alain. Mais se la faire sucer, c't'encore mieux. Quoi, tu veux-tu goûter à mienne ?

Léo avait rougi jusqu'à l'intérieur des gencives et s'était éloigné. Après l'incident, il avait pris ses distances avec son amant pendant quelque temps et avait même essayé de s'intéresser aux femmes. C'est Élizabeth qui l'avait convaincu que la « grand'yeule » de son frère était tout à son honneur et qu'il ne fallait pas se laisser écœurer par n'importe qui. À l'éventualité que Léo puisse se trouver une petite femme, elle avait éclaté de rire, l'avait serré dans ses bras et lui avait dit :

— Léo, t'es ce que t'es, pis c'est de même qu'on t'aime. Va jamais changer, ce serait pu toé.

Le lendemain…

On sonna à la porte. Les quatre jeunes Fournier se précipitèrent, curieuses, mais s'éclipsèrent à la vue du petit tas noir pleurant et gémissant sous une voilette qui camouflait tout de ses traits.

— Madame Deverde ! s'exclama Élizabeth, surprise. Rentrez ! Rentrez donc…

La dame refusa d'un geste du bras, qu'elle allongea pour pointer un taxi.

— Élizabethé ! arriva-t-elle enfin à prononcer de son lourd accent italien. Élizabethé... *Leonardo mio*...

Et elle sanglota de plus belle, en proie à une véritable crise nerveuse, ses petites mains gantées tapotant mécaniquement ses tempes, ses yeux, sa bouche.

Élizabeth décrocha son manteau en vitesse et chaussa ses savates.

— Tu diras à ton père que je r'viendrai pas tard, dit-elle à Nathalie. Pis vous autres, restez tranquilles, hein ! ajouta-t-elle à l'intention des trois cadettes.

Ses filles la virent escorter le monceau de textiles jusqu'au taxi, puis s'engouffrer rapidement à ses côtés.

Puis, ce furent encore des coups de téléphone. Alain Hamelin, arrivé depuis peu, répondait à la plupart des appels.

— On sait pas encore, on sait rien pantoute, répétait-il, sont pas r'venues.

Alain arpentait la cuisine, de la fenêtre à la porte, de la porte à la fenêtre. Intimidées, Jeanne et Julie n'osaient l'approcher. C'était leur oncle, elles le savaient bien, mais ce n'était plus le même oncle. Il était sobre malgré qu'il fût déjà passé midi.

C'est au salon funéraire, quelques jours plus tard, que les fillettes finirent par connaître le mot de la fin. Avant d'entrer, Élizabeth, la voix brisée, leur dit :

— On s'en va voir Léo. Ton parrain, Jeanne, notre ami Léo. Y'est parti Léo, acheva-t-elle dans un sanglot, pis on s'en va y dire adieu.

Ni Jeanne ni Julie ne comprirent quoi que ce soit à ces paroles, mais la tristesse de leur mère leur prêta une figure de circonstance.

On entra. Jeanne tenait la main de Nathalie, Julie celle de Chantal. René et Élizabeth les précédaient.

Les Hamelin étaient tous là, éparpillés dans la petite salle déjà enfumée. Alain se tenait près de sa tante Georgette qui, pour une fois, ne réclamait pas toute l'attention avec ses farces grasses. L'humeur n'était pas à la rigolade mais à la stupéfaction, personne n'avait envisagé que Léo, le si gentil Léo, puisse disparaître à jamais.

Les cinq enfants de Georgette étaient agglutinés autour de leur ronde mère. Les deux filles du clan étaient maquillées comme pour aller tourner un film, ce qui ne surprenait personne. On les aimait bien, mais dès qu'elles avaient le dos tourné, on les traitait de « sans honte ». Les trois fils, très proches dans le quotidien, le paraissaient encore plus au salon funéraire. La mort a souvent cet effet : on profite des vivants qui pourraient ne plus l'être dans un instant.

Reinata Deverde faisait peine à voir, dévastée dans son amour de mère comme dans son amour de femme. C'était toute sa vie qui l'avait quittée avec son Leonardo. La vieille dame ne s'en remettrait d'ailleurs jamais.

Dès qu'elle aperçut Élizabeth et son mari, la mère endeuillée se jeta sur la petite Jeanne, mal cachée derrière la longue jupe de sa mère.

— Jeanné ! Oh, Jeanné ! sanglotait-elle à l'oreille de la fillette.

Jeanne frissonna devant la mère de son parrain, car si elle la connaissait peu, elle la craignait beaucoup.

Jeanne, qui s'était d'abord fait une fête à la vue de ses cousins et cousines, était amorphe ; elle ne partageait manifestement pas la douleur de madame Deverde. Elle finit par réagir cependant, à force de se faire secouer par les petits bâtons secs et armés d'ongles opaques qui servaient de mains à la vieille dame. Mais c'est en vain qu'elle tenta de se dégager : si courte sur pattes soit la mère en pleurs, elle tenait ferme à sa petite proie.

Madame Deverde n'avait à peu près vu Jeanne qu'en photo, hostile à ce parrainage indigne de son fils – indigne de tout Italien qui respecte sa mère, avait-elle ragé –, mais, par un retour somme toute compréhensible, l'enfant devenait en quelque sorte la descendante de son fils, l'ultime lien avec feu son adoré.

Ébranlée par la secousse, Jeanne se laissa docilement guider jusqu'au cercueil de son parrain. Elle chercha sa mère des yeux, mais ne la vit nulle part ; il y avait trop de monde.

En apercevant les restes de son parrain, Jeanne figea. C'était lui et c'était un autre, elle ne l'avait jamais vu ni étendu ni immobile, et ne se souvenait certainement pas qu'il fût si gros. Elle le contemplait, fascinée, lorsque la mère de Leonardo, toujours secouée de sanglots, s'empara subitement de sa petite main pour la poser sur le front du mort.

Le corps était glacé. La condensation donnait l'impression qu'il suait, et un petit filet d'eau rougie – du maquillage sans doute, mais Jeanne imagina du sang – ruisselait doucement au fond du cercueil. Une série de photos se succédèrent dans la tête de Jeanne, comme un carrousel de diapos trop rapide. Son parrain dans leur appartement, son parrain au parc Belmont, au restaurant chinois, son parrain là. Puis son parrain couché dans le sang. Sans un mot, Jeanne arracha vivement sa main et s'enfuit en courant, quittant la salle et le bâtiment.

La fillette demeura dehors une éternité, lui sembla-t-il, mais une quarantaine de minutes en réalité. C'est Nathalie, sa grande sœur, qui vint la dénicher sur le porche où elle s'était aplatie, debout sur le mur, les bras croisés.

— Grouille-toé, Jeanne ! cria-t-elle. M'man est fâchée après toé !

— J'veux pas y aller. La vieille madame est folle. Pis mon parrain, y'est toute frette.

.— Grouille-toé, j'te dis. T'as rien que six ans, tu peux pas rester dehors.

Jeanne courut, rassurée au fond d'être réclamée. Mais au moment d'entrer, elle s'arrêta net et refusa d'aller plus loin.

— Han! C'est toi qui vas se faire chicaner, c'est toute! dit Nathalie en l'abandonnant sur le seuil.

Jeanne resta prostrée encore une dizaine de minutes, assise sur le muret du salon funéraire, la tête pleine de l'image du mort sanguinolent et de la vieille dame en pleurs.

Elle aurait voulu que sa mère apparaisse comme une fée dans un dessin animé et qu'elle l'emporte ailleurs. N'importe où, mais dans un endroit où tout le monde serait chaud et vivant. Le plus simple, finit-elle par conclure, c'était que son parrain se relève, que la vieille dame arrête de brailler et qu'on retourne à la maison.

Enfin, sa mère et ses sœurs parurent, devancées par son père qu'elle n'avait d'abord pas remarqué. Contrairement à ce que Nathalie avait prétendu, ni sa mère ni son père ne lui reprocha quoi que ce soit, il lui parut même qu'on l'ignora. On marcha tout simplement comme un troupeau triste sur la rue Rachel, jusqu'à la rue Saint-André.

Élizabeth fumait cigarette sur cigarette, le visage si défait qu'aucune de ses filles n'osa lui parler. Les six Fournier ne prononcèrent pas un mot du trajet.

En rentrant, on envoya les filles se coucher. Les deux aînées protestèrent.

— Mais… c'est donc ben pas juste ! risqua Nathalie. Pourquoi j'irais me coucher, j'ai douze ans. C'est Jeanne pis Julie, les bébés.

— Ça va faire ! avait tranché René. Tout l'monde dans son litte sinon j'sors la strappe !

Les filles évaluèrent rapidement la menace. Il ne sortait pas souvent sa grosse ceinture, mais ça restait dans l'ordre du possible.

Résignation homogène.

Les quatre filles s'apprêtaient à filer dans leur chambre lorsque le téléphone sonna.

Tout le monde interrompit son geste une seconde, surpris.

La petite Julie avait accroché sa grande sœur par la manche :

— Nathalie, ça veut dire quoi, Léo y'est suicidé ? Ça veut-tu dire que y'est pas vraiment mort ?

— Chut ! Peut-être que c'est lui au téléphone, répondit Jeanne, à la place de l'aînée.

Le Journal de Jeanne

Bonjour mon Journal,

Je m'appelle Jeanne Fournier et j'ai sept ans, même si j'ai presque huit ans. C'est le patron à ma marraine qui m'a acheté un cahier dur. C'est écrit Journal dessus. C'est pour raconter mes secrets.

J'ai pas de secrets, j'ai dit au monsieur. Il m'a dit : c'est pas grave, Jeanne, tu peux écrire tout ce que tu veux. Il est vraiment fin avec moi.

Je peux écrire tout ce que je veux. Je veux écrire quoi ? Je sais pas. J'aimerais ça faire des dessins, mais je suis pas bonne en dessin. Ça ressemble jamais à rien.

Après chez ma marraine, je vais m'en aller chez mèmèye, ma grand-mère qui est fine. J'ai une autre grand-mère, mais elle veut qu'on l'appelle grand-maman. Ça fait que je l'appelle pas, pis mes sœurs non plus. Elle me fait peur des fois, on dirait qu'elle est tout le temps fâchée quand elle nous voit. C'est la mère de mon père, c'est pas celle de ma mère.

Chez ma mèmèye que j'aime, je vais rester là deux ou bien quatre jours. Après, je vais retourner chez ma mère pis mon père.

J'aimerais ça avoir un autre crayon d'une autre couleur pour écrire les affaires importantes. Quand je vais avoir des secrets, je pourrais les écrire en rouge ou bien en vert. Ma couleur préférée, c'est pas ça. C'est orange, ma couleur préférée. Mais y'a juste des crayons rouges, noirs, verts pis bleus pour écrire. J'aimerais ça avoir un crayon orange, mais ça existe pas.

Un autre jour

Le chat de ma marraine me fait trop peur. Je veux m'en aller. Je veux retourner dans mon lit, chez ma mère pis mon père. Le chat de ma matante Georgette, il s'appelle Noiraud. Il est tout petit, tout noir et tout fou aussi. Il saute partout, il pense qu'il est une grenouille. La nuit, quand je dors dans le salon, sur le sofa de ma matante, Noiraud saute tout le temps sur ma main ou sur mon pied quand je bouge. Il a des petites griffes mais sont pointues, ça me grafigne pis ça me fait mal. J'essaie de pas bouger, de faire comme une statue, mais je suis pas capable. Je sais pas quoi faire.

Je voudrais dire à ma marraine que j'aime pas ça quand son chat fait ça, mais c'est juste la nuit qu'il me fait peur pis que j'ai peur. Quand je me lève le matin, c'est correct. Ça me gêne de dire ça à ma marraine. C'est sa maison, au chat, c'est pas ma maison à moi.

Ma maison, je l'aime des fois, mais des fois je l'aime pas. Ça dépend. J'aime ça quand y'a du monde qui vient le soir pour jouer aux cartes avec mon père pis ma mère. J'ai pas le droit d'être là, il faut que je me couche à sept heures et demie. Mais c'est pas grave, je fais semblant d'aller me coucher pis je me lève après, pour écouter les grands quand ils parlent. Je comprends pas tout le temps ce qu'ils disent, mais j'aime ça les écouter pareil. Quand je vais être grande, j'aimerais ça être une espionne.

Un autre jour

Ma sœur Julie, c'est ma meilleure amie. Des fois, on rêve aux mêmes affaires. On dit souvent la même chose en même temps aussi. Quand on fait ça, on croise nos petits doigts pis on fait un vœu. Mais on a pas le droit de dire c'est quoi notre vœu, parce que sinon, ça marchera pas. Mais même si je le dis jamais, ça marche pas non plus. C'est bizarre, ça.

Mon vœu, c'est tout le temps la même affaire. Mais je peux pas le dire. C'est un secret qui se dit vraiment pas.

Au collège, c'est moi la meilleure de ma classe. La maîtresse m'a dit que, si je continue de même, je vais aller direct en quatrième année, sans faire ma troisième année. Je sais pas trop si ça me tente, j'aime ça être la meilleure, je veux pas être dans les pas bons en quatrième année. J'aime trop pas ça, les pas bons.

Un autre jour

J'ai fait ma première communion. J'étais tellement belle cette journée-là, ça se peut pas. J'avais une robe comme une mariée, un voile aussi. Ma mère a peigné mes cheveux en boudins, j'étais trop, trop belle.

J'aime pas ça quand les grands me disent que je suis belle. Ça me rend gênée. Mes mononcles disent tout le temps que c'est moi la plus belle dans la famille. C'est pas fin pour les autres, je trouve. Mais c'est vrai, c'est moi la plus belle dans la famille. Hihihihi! C'est comique d'écrire ça. Je dirais jamais ça à personne.

Ma première communion, c'était comme magique. On était les deux Collèges Français au complet dans l'oratoire Saint-Joseph. C'était tellement beau. Des millions de petites filles habillées comme des mariées, avec des voiles pareils. On chantait toutes les mêmes chansons, c'était vraiment magique. J'avais peur de me tromper, mais j'ai tout fait comme il faut, comme le prof de catéchèse nous avait montré. Ma mère avait l'air super fière de moi. J'ai beaucoup aimé ça.

Après les chansons, on a mangé un morceau du corps de Jésus. J'avais un peu peur parce que j'aime pas le steak, mais ça goûtait pas ça. Ça goûtait rien, ça faisait juste coller sur le palais. Je pense que j'aime encore plus Jésus depuis que j'en ai mangé, même si je l'aimais déjà tellement beaucoup avant.

Un autre jour

J'ai gagné une sorte de médaille pour une dictée, à l'école. J'étais gênée en maudit. Mais je suis contente, ça veut dire que j'ai battu le Chinois dans le bulletin. On va l'avoir demain, notre bulletin. Ma mère m'a promis que si j'ai un bulletin comme l'autre fois, je vais aller manger des hot-dogs au Pool Room toute seule avec elle pis mon mononcle Alain. Vu que j'ai gagné une médaille, je pense que je vais y aller. Ma mère est drôle, elle met des patates frites dans ses hot-dogs.

C'est mon mononcle Alain qui vient le plus souvent chez nous. Lui, y'est pas pareil comme les autres. Des fois, il tombe à terre, c'est comique. Ma mère le garde souvent comme un bébé. Elle fait son lit, elle fait son déjeuner, elle lui donne de l'argent en cachette de mon père, même. Je l'ai vue une fois. Elle l'aime son frère, ça paraît. Ben plus que mon père en tout cas. J'aimerais ça avoir un frère.

J'pense que là, je vais aller jouer à la tag. Je vais demander à Julie si ça lui tente.

Un autre jour

Mon père, il m'a dit : Coudonc, Jeanne, tu fais-tu juste ça, lire des livres ? J'ai dit : Ben non.

C'est rare qu'il me parle, je savais pas quoi dire. Je fais pas rien que ça, mais y'est pas souvent là. C'est juste ça qu'il voit, moi la tête couchée proche d'un livre. C'est pour ça. En tout cas, y'avait l'air content, il m'a dit après : Bravo en tout cas, ça a pas l'air de coûter ben cher.

Gnan gnan gnan. Je m'en fous-tu de ses bravos.

Devant le monde, des fois, il me parle. Mais quand il fait ça, moi, je réponds pas. Je fais semblant que je l'ai pas entendu. Quand il sait que je l'ai entendu, je réponds pour pas me faire chicaner, mais j'aime pas tellement ça. L'autre jour, il voulait que je conte comment c'était l'fun au parc Belmont. C'est niaiseux. J'ai juste dit : Ah ! C'était super le fun. Pis je me suis sauvée.

Ma mère est fine, mon père est pas fin. Pis c'est pareil pour mes grand-mères.

CINQUIÈME TABLEAU

Fait divers

Un an plus tard...

Montréal, rue de Bullion, juin 1978

— Yvan! Attention à p'tite! lança Nicole de sa rude voix d'homme.

Yvan Brisebois reculait à petits pas, un appareil photo vissé à l'œil. Par manie de clown, il fit mine de ne pas entendre le cri rauque de sa sœur et de basculer, pour effrayer la ronde et amuser sa petite-cousine de huit ans. C'est plutôt le contraire qui se produisit : Jeanne se cabra de terreur tandis que les adultes éclataient de rire, Nicole plus bruyamment que ses trois frères et sa mère ensemble.

— Bon, enweye, Yvan! J'ai pas rien que ça à faire. On dit «sexe» tout le monde! cria la mère Brisebois pour forger un sourire collectif.

Yvan se remit à son appareil photo, les Brisebois reprirent la pose sur le sofa. Georgette, que des années de gourmandise satisfaite avaient élargie, occupait de son séant un coussin et demi, débordant généreusement sur ses deux plus jeunes fils, Steve et Jean-Claude, qui paraissaient minuscules sous les plis de leur grasse mère. Les bras de Georgette, courts et dodus, reposaient sur leurs épaules et pointaient le plafond, tandis que ses petits yeux clairs, d'un genre porcin, rayonnaient de fierté maternelle pour la caméra. Nicole, à l'autre bout du divan, tassa une mèche blond platine, allongea le cou et sourit de tous les muscles de son large visage.

— Sexe! s'égosillèrent les Brisebois à l'unisson.

Jeanne adorait ces séjours chez sa marraine. Elle y passait deux jours, une semaine, parfois tout un mois, et chaque fois c'était presque le bonheur, tant les petits plaisirs s'accumulaient. C'était ses cousines qui l'emmenaient chez Oscar et la gavaient de sucreries, c'était une promenade ou une visite chez les patrons de Georgette, c'était une sortie au cinéma avec Steve ou l'un de ses deux frères. Impossible de s'ennuyer tant on la tenait occupée.

Ce jour-là, Georgette avait emmené sa filleule à l'oratoire Saint-Joseph. Jeanne s'était beaucoup amusée à écouter sa marraine apostropher tous les saints, les tutoyant comme de vieilles ordures. «Tu te caches la bite, saint Tite? Tu reluques la Marie, mon ostie?» Peu lui importait le vrai nom du saint, le plaisir de la rime l'emportait. Seul saint André avait été épargné, sinon de la familiarité, de la critique. Georgette s'était agenouillée pour s'adresser au plâtre et Jeanne n'avait pas entendu sa prière, chuchotée. Georgette n'avait élevé la voix que pour conclure, en insérant un billet d'un dollar dans une petite caisse de métal :

— Regarde-la, saint André, hein ! C'est pas du *scraining*[2]. C't'une belle piasse qui fait pas d'bruit !

Après la photo, Georgette Brisebois, si courte que ses pieds ne touchaient pas le sol, se remit debout à petits coups de fesse et fit lever tout son monde du sofa. Elle tapota chaque coussin et remit en place le grand drap fleuri qui servait de couverture. On avait déshabillé le meuble pour la « pospérité », pas pour l'user, précisait la matrone en enfonçant le tissu jauni dans la craque du fond.

Des trois frères, seul Jean-Claude s'attarda dans le salon. Il s'approcha de Jeanne, se pencha sur elle, lui balayant la joue de ses longs cheveux blond cendré. Jeanne lui demanda pourquoi il ressemblait à une fille et sa sœur Nicole, à un garçon. Jean-Claude rit mais ne répondit pas. Il parlait naturellement peu.

Jean-Claude aimait bien ce petit bout de fille, la petite-cousine invisible et inodore. Elle apparaissait de temps en temps pour quelques jours, discrète comme une table de chevet. Un jour d'ailleurs, Georgette l'avait oubliée. Elle était partie magasiner avec une amie et n'y avait plus repensé qu'en rentrant. « Ah ! mon Dieu, la p'tite ! Ah ! mon Dieu, la p'tite ! s'était-elle étonnée. Tu t'étais cachée, ma p'tite Juive ? »

---

2 *Monnaie.*

Jeanne n'en avait jamais parlé à sa mère. Elle préférait être oubliée par sa marraine plutôt que se voir privée du plaisir de dormir chez elle.

Jean-Claude avait vingt-deux ans, mais paraissait plus jeune. Il avait cette allure dégingandée des éternels adolescents, un air fragile, de grands yeux bleus, un regard soumis. Contrairement à son frère Steve, Jean-Claude était timide, presque absent, muet la plupart du temps. Sa mère le réveillait d'ailleurs constamment de ce qu'elle appelait ses transes et supportait très mal : « Ti-Claude, sors de ta transitude là, enwèye ! R'viens su'a Terre, pour l'amour ! » beuglait-elle à l'occasion. Jean-Claude était un « doux ». Si chacun disait de lui qu'il était né bon garçon, dans sa famille on jugeait plutôt qu'il était tout bonnement né sans personnalité.

Le lendemain serait sa véritable initiation.

— À la fin d'la misère, calvaire ! brama Georgette par-dessus le bavardage de ses enfants.

— *Yessss* ! Encore une journée pis c'est fini, estie ! précisa Steve, pour allonger le poème.

Les Brisebois levèrent leur verre. Il ne manquait que Louise, l'aînée, qui travaillait ce soir-là. On retrouvait du reste rarement les deux sœurs en présence, car elles partageaient le même uniforme de travail, un *babydoll* rouge et une paire de jarretelles noires. Pendant que l'une se reposait, l'autre dansait et vice versa. De toute façon, il leur paraissait inconvenant de se trémousser toutes nues entre frangines sur la même scène et autour du même poteau.

Les deux filles faisaient vivre la famille : elles payaient le loyer, l'épicerie et tous les comptes. Les fistons payaient les extra, selon la manne du moment. Un petit vol réussi emmenait la famille au complet s'empiffrer de steak chez Ponderosa, une livraison de dope qui tournait bien agrémentait l'appartement de nouveaux meubles et la penderie de Georgette de nouveaux vêtements.

Malgré tout, leur mère était une « fière » et travaillait. Georgette était servante chez les Devaux, une famille de millionnaires qui l'employait pour faire le ménage et la cuisine. Elle aimait bien son poste, son pied chez les grands de ce monde, mais y aurait renoncé volontiers pour faire un peu plus de veillées sur le perron et jouer plus souvent au bingo. « Avec toutes les nouveaux téléromans qu'y nous sortent, on n'a pu le temps de rien faire », se plaignait-elle.

Demain. « Demain » était un mot magique que Georgette Brisebois se répétait depuis son réveil. Elle fermait les yeux, s'affaissait, se relevait d'un bond et recommençait à jacasser, excitée sans mesure par la proximité de son grand rêve. Elle l'avait fiévreusement juré à saint André, racontait-elle : elle ne volerait plus.

— « F-i-fi-n-i-ni ! » que j'y ai épelé à statue. Je l'connais, c't'un bon saint. Il va veiller su' vous autres, c'est sûr et certain. Hey! ajouta-t-elle. J'y ai donné toute une piasse, y pensez-vous!

Les trois frères, Yvan, Steve et Jean-Claude Brisebois, s'étaient rassemblés chez leur mère pour fignoler les derniers préparatifs de ce fameux lendemain.

Steve venait d'avoir vingt ans et ne se sentait pas plus doué pour le travail qu'il ne l'avait été pour les études. Petit, trapu, ce jeune coq promenait un air d'aspirant mafieux en cuirette, sans cependant se prendre trop au sérieux. Un jeune homme charmant, généralement joyeux et de bonne compagnie.

L'effort exaspérait Steve, l'épuisait par anticipation. Il vivotait officiellement aux crochets d'une «collègue» de ses sœurs, dont il avait eu un fils quatorze mois auparavant. En réalité, Steve rapportait de jolies sommes à la maison, grâce à sa nature serviable et toujours prête. Un scout dans son genre. Mais il préférait passer pour un gigolo. «N'importe qui peut faire un vol, disait-il, mais c'est pas n'importe qui qu'y est capable de vivre juste de son beau corps!»

Il prononçait *corps* «kowww».

Georgette ne se cachait pas d'adorer son dernier-né. Steve était son bébé, sa réussite, son trophée, son grand bonheur. «Un débrouillard, comme sa mère! avait-elle dit de lui après son premier vol à l'étalage, à six ans. Pis généreux comme pas deux, à part de ça. Y'avait pas huit ans qu'y m'volait déjà du parfum su'a rue Saint-Laurent!»

L'idée, le grand projet, était de suivre le plan d'Yvan. C'était le grand frère, celui que l'on surnommait fièrement l'Artiste depuis qu'en prison, il avait appris à fabriquer des lampes en éclats de vitraux. Tout le monde le respectait, tant pour sa fierté bruyante que pour sa réelle expertise dans le domaine du vol et de la magouille. Yvan connaissait tout le monde, pouvait se procurer dans l'heure n'importe quoi, arme, drogue, *shylock*, tueur à gages, beurre sans sel. Un pro. Il avait juré que personne ne risquait rien. Tout était planifié, Yvan connaissait bien son affaire.

— T'sais veux dire, en dedans, j'ai pas juste fait des tites lampes en couleur. J'ai connu du monde en crisse... se vantait-il à tout venant.

On soupa de bon cœur ce soir-là, dans le petit logement de la rue Saint-Dominique. La cuisine était une grande pièce tapissée d'un papier aux motifs de petits oiseaux, de fruits et de branches, éclairée par un plafonnier rempli de petites mouches mortes. Les deux fenêtres tout en longueur étaient ouvertes en permanence, pour les besoins de la fumée qui menaçait de masquer la tablée. Les Brisebois fumaient comme un feu de forêt.

— Faut peut-être pas manger l'ours avant de l'avoir tué, ricanait Yvan, mais on peut ben se payer une couple de bouteilles de Baby Duck en attendant.

Georgette présidait, joyeuse, avinée.

— Je vous seurs encôre un vêrre, madeumoiselle ?

Pour la mère Brisebois, jouer les grandes dames se résumait à prendre un accent qui se voulait parisien, la bouche en cul de coq et le geste tout sauf spontané. Les enfants se passaient les petits joints que Jean-Claude roulait, tandis que défilait le repas : une soupe à la dinde, une lasagne au pepperoni, des betteraves marinées et un pudding chômeur dont personne ne voulut.

— Pas du sucre à c't'heure-là, m'man. On a ben trop bu, affirma Nicole, d'une voix plus virile que jamais.

— Moi, j'en veux, matante ! dit Jeanne.

— Ah ben, certain, ma belle ! T'es trop tranquille, ma p'tite Juive, c'est pour ça que je t'ai oubliée.

« Ma p'tite Juive », dans la bouche de Georgette, se voulait un reproche ou un mot doux, selon l'occasion. « C'est quoi, une Juive, matante ? » avait demandé Jeanne, un jour. « Une Juive, c'est une belle tite fille ben fine, mais qui fait des niaiseries, des fois », avait répondu sa marraine.

Vers vingt-trois heures, Georgette Brisebois tira sa révérence.

— Bon, pu d'bière, pu d'pot, les enfants. Moé, j'm'en vas m'coucher.

Nicole avait appelé un taxi et était partie. Les trois frères avaient préféré prolonger la soirée encore un peu, trop fébriles pour aller au lit. Ils passaient la nuit chez leur mère de toute façon et n'étaient pas particulièrement couche-tôt. Comme Jeanne dormait dans le salon, elle les entendit discuter un peu avant de s'endormir.

— Ti-Claude, t'es ben dans lune, câlisse ! dit Yvan.

— Ouin, t'es où, stie ? avait renchéri Steve.

— Ça me rend nerveux, vos histoires, avait répondu Jean-Claude d'une voix douce. J'pu sûr que ça m'tente…

— Ben voyons donc ! avait tonné Yvan. C'est pu l'temps, là. Eh tabarnac, j'te dis, toé, t'es pas fif à moitié…

— Hey ! Comment ce qu'elle va, ma p'tite Jeanne d'Arc ? Elle a-tu ben dormi ? J'te dis que t'as dormi longtemps, y'est presque neuf heures. Les ti-gars sont déjà partis. Assis-toé là, matante va te faire une belle toast aux confutures.

Jeanne resta plantée devant sa marraine quelques secondes avant d'aller s'asseoir à table. Elle mangea du bout des dents, puis demanda la permission d'aller regarder la télévision dans le salon.

— Ben sûr, ma belle, vas-y. Veux-tu une autre toast ?

Jeanne répondit non, mais Georgette lui en fit rôtir une quand même, qu'elle couvrit d'une garniture brun foncé, peut-être chocolatée.

— Tiens. Faut que tu grandisses, ma belle. Va manger dans le salon. Matante va écouter la radio dans cuisine.

Un hurlement strident enfila le corridor jusqu'au salon, du moins Jeanne eut-elle l'impression que le cri voyagea avant de se rendre à elle. Elle se précipita vers la cuisine, en appelant sa marraine.

— Qu'est-ce qui se passe, matante?

Un étrange spectacle attendait l'enfant au bout de sa course et du corridor. Sa marraine, méconnaissable tant elle avait le visage défait, secouait le poste de radio et le frappait à l'aveuglette sur les meubles et les murs, en hurlant au plafond comme si elle eût voulu le transpercer de sa voix. Jeanne, terrorisée, stoppa net dans l'embrasure de la porte, figée comme la statue de saint André, les deux mains plaquées en prière sur le visage comme pour se boucher la bouche et le nez. Elle se mit à pleurer.

— Matante! Non, matante...

Georgette aperçut sa filleule alors qu'elle allait l'assommer avec ce qui restait de l'appareil radio devenu muet. Le regard suppliant de la fillette eut un effet instantané sur sa douleur; d'humaine, celle-ci devint plus bestiale. La mère Brisebois laissa tomber plus qu'elle ne déposa son « arme » et se jeta aux genoux de Jeanne. Elle se suspendit à ses petites épaules et se mit à pleurer, la chair secouée de soubresauts, la tête incapable de s'immobiliser une seconde. Des yeux, du nez, de la bouche, bref de tous les orifices de son visage brisé, elle inonda sa filleule, bafouillant : « Oh, mon Dieu ! Oh, mon Dieu ! Faites-moé pas ça, mon Dieu, faites-moé pas ça… »

Un mugissement semblable – d'un ton plus masculin – s'échappait du bar La Mado, sur la rue Saint-Laurent. Les passants, surpris, levaient la tête une seconde, accélérant le pas cependant. Le quartier, même en matinée, en effrayait plus d'un.

Le bar La Mado possédait une entrée sur la Main et une sortie sur la ruelle. Nombreux étaient les habitués n'empruntant que l'issue de secours, qui pour se camoufler, qui pour se soulager, qui tout simplement pour entrer avant midi, l'heure d'ouverture les jours de semaine.

N'eût été cette porte arrière, dans la ruelle, Yvan se serait effondré. Le lourd panneau capitonné le maintenait debout, par la force des choses.

Comme les passants de la rue Saint-Laurent, Yvan entendait le son insupportable de la douleur de sa sœur Nicole. Mais contrairement à eux, il en connaissait parfaitement la raison.

Pendant ce temps, sur le boulevard Saint-Joseph

Normande Posé époussetait sa collection de soucoupes lorsque l'on frappa à la porte de sa petite véranda, sur le boulevard Saint-Joseph au coin de la rue Drolet. Elle attira sur son nez les lunettes qui pendaient à son cou, remit d'un mouvement du pouce un ordre imaginaire à ses cheveux et retourna un air surpris, car elle n'attendait personne.

Sur le perron, entre deux pots de fleurs, deux uniformes se tenaient droits. Normande Posé pâlit et s'étala.

Les deux hommes avaient suivi la scène de l'extérieur et comprirent immédiatement le pénible malentendu. Ils se précipitèrent au chevet de la petite dame. Elle suffoquait et se tenait la poitrine à deux mains.

— Calmez-vous, madame Posé. Votre mari va bien. C'est pas qu'est-ce que vous pensez. On voulait juste passer y dire bonjour.

Ils la relevèrent sans effort, c'était un poids plume. Madame Posé voulut alors parler, mais le soulagement emprunta la voie des larmes. Elle se déversa devant les deux agents, embarrassés par ce flot qu'ils jugeaient aussi incompréhensible que disgracieux.

— Ben là, calmez-vous, voyons ! Toute va ben qu'on vous dit. Calmez-vous, voyons !

Madame Posé finit par se ressaisir. Elle se moucha discrètement, par petits coups, puis replia soigneusement son mouchoir qu'elle remit sous la manche de sa veste avant de s'excuser, redevenue bavarde :

— Je suis désolée. C'est l'émotion, vous savez... J'ai pensé, en vous voyant les deux dans l'entrée... Oh, mon Dieu! Je veux pu y penser... Ça fait que vous voulez voir Charles? Y'est pas là, y'est pas encore revenu, il reviendra pas avant cinq heures, j'pense. Mais soyez les bienvenus, soyez les bienvenus! Prenderiez-vous un p'tit café, quèque chose? Oh, mon Dieu...

Ils la remercièrent.

— On peut pas rester, on est su'a job. Dites rien qu'au Charlot qu'on est passés.

Les deux policiers s'étaient arrêtés chez Charles Posé, sans songer que son épouse pouvait les accueillir. Ils prétendaient simplement féliciter leur collègue en vitesse et l'inviter, au nom de l'équipe, à fêter en soirée aux danseuses, chez La Mado. La tumultueuse matinée du poste avait fait le tour des radios: deux hold-up en moins d'une heure, dont un avec blessé et mort d'homme.

L'agent Posé était le héros du jour. Lors du second vol, c'est lui qui avait abattu, alors qu'ils s'enfuyaient à pied, les deux suspects armés. Un méchant bon tireur, ce Posé! s'exclamait-on au poste. Deux balles avaient suffi: la première derrière la tête du plus jeune, le tuant net, la seconde dans le cou de son complice, l'épargnant mais l'envoyant tout de même chez les comateux. Deux des frères Brisebois. Une belle prise.

SIXIÈME TABLEAU

La fugue

Un an plus tard...

Montréal, novembre 1979

Il pleuvait et le soir commençait à tomber. René Fournier, au volant de son *station wagon*, conduisait lentement, toutes vitres baissées et le poste de radio éteint. Chantal était assise devant et feuilletait un magazine. Sur la banquette arrière, Jeanne et Julie dévisageaient tous les passants, même ceux qui marchaient seuls, sans enfant. « Votre mère, affirmait leur père, elle s'est peut-être déguisée... »

— Déguisée ? avait répété Julie. Mais c'est même pu l'Halloween !

René n'avait rien répondu, tournant la tête comme une girouette détraquée. La famille Fournier cherchait Élizabeth, disparue depuis la veille avec Nathalie. Une querelle qui s'annonçait violente, mais qui n'avait pas eu lieu ; deux sacs de vêtements, un taxi et sa femme s'était volatilisée avec sa bâtarde, comme René n'avait de cesse de le répéter rageusement.

— La tabarnac. Où c'est qu'elle est ?

— Parle pas de ma mère de même, avait rouspété Jeanne.

— Vos yeules, ciboire! Pis checkez dehors comme du monde, avait coupé Fournier.

L'inquiétude de leur père avait alarmé Jeanne et Julie. Les deux plus jeunes avaient trouvé normal de ne pas voir leur mère; si elle s'absentait peu, Élizabeth ne se montrait pas toujours pour autant. En revanche, l'invitation de leur père à les accompagner les avait abasourdies.

Jeanne surtout s'était méfiée instantanément. Pour la fillette, René Fournier était un ennemi, un objet de crainte, un puissant devant lequel elle ne se connaissait aucun moyen. Se savoir seule avec lui, qu'elle n'osait jamais appeler papa, lui paraissait proprement incroyable. Tout cela n'avait rien de très rassurant.

Par association d'idées, Jeanne se mit à penser à des steaks sanguinolents. Des dizaines de steaks dégoulinaient dans son esprit, dans des dizaines d'assiettes garnies de toasts et de tranches de tomate, comme pour déjeuner. Elle réprima un haut-le-cœur et se remit à scruter les passants.

— Bougez pas de l'auto, je reviens dans deux minutes, dit René à ses trois filles, au bout d'un moment.

— Hey! C'est chez mèmèye ici, cria Julie. J'veux y aller moi aussi!

— Vous bougez pas de l'auto, j'viens de dire, reprit René.

Trop tard, Julie était déjà dehors, prête à foncer dans l'escalier.

Élizabeth n'était pas chez sa mère. On promit de se tenir au courant. Même scénario chez Georgette, qui s'inquiéta sincèrement de la disparition d'une de ses filleules.

— Ben voyons donc, toé. Où c'est qu'elle peut ben être passée, pour l'amour ?

— On va la trouver, c'est sûr, soupira René en retournant vers la voiture.

— Hey, René ? Tu peux me laisser les petites, si t'es mal pris...

— Merci. Ça va être correct pour cette nuit. On verra demain. Merci, là, bonne nuit.

Durant les « recherches », Jeanne paraissait plutôt calme. Songeuse. Puisqu'on cherchait sa mère, on la trouverait, se disait-elle. Elle ne pouvait pas être disparue, quand même, ce n'était pas possible. Or, après les visites chez trois des frères d'Élizabeth, le mari abandonné décida que les recherches étaient terminées et qu'il était l'heure de rentrer. Jeanne tenta de s'y opposer avec un cran qui la surprit elle-même.

— J'veux pas qu'on la laisse s'en aller, moi ! J'veux pas rester toute seule avec toi ! lança-t-elle à son père.

René Fournier haussa les épaules et continua sa manœuvre de stationnement. Aussitôt le véhicule immobilisé, Jeanne sauta à terre et s'enfuit en courant.

— Enweyez, les filles, on rentre à maison. Votre mère devrait revenir dans pas long.

— Mais Jeanne ? demanda Julie. On peut pas la laisser dehors, quand même ?

— Elle va passer sa crise, pis elle va revenir, elle avec. Enweyez, tout le monde à maison, j'ai dit.

Chantal se tenait déjà devant la porte. Julie hésita un instant, mais se résigna rapidement à suivre son père et sa grande sœur.

Jeanne rentra environ une heure plus tard, le visage fermé, les paupières un peu boursouflées, les cheveux trempés, mais les yeux secs et le pas décidé. Elle avait continué de chercher, à pied. Sa mère avait pu aller chez Paquette, même s'il faisait un peu froid pour un banana split. Mais non, elle n'y était pas, pas plus qu'aux autres endroits que Jeanne visita en courant.

À l'église, devant les grandes portes closes, Jeanne avait renoncé. Elle ne retrouverait jamais sa mère, la ville était bien trop grande, et ses deux jambes, bien trop courtes. Elle en aurait pleuré. Mais en bonne lectrice de romans tristes, elle avait plutôt décidé de s'asseoir sur les marches de pierre pour réfléchir un peu. Elle trouverait bien un plan.

Ce n'était plus Jeanne qui cherchait sa mère, mais une petite héroïne perdue entre deux épisodes. Elle se mit tour à tour dans la peau de Candy, la blonde téméraire des dessins animés du samedi matin, puis dans celle du petit Rémi, vendu à Vitalis pour le prix d'une botte d'asperges. Que ferait le Club des Cinq ? se demandait-elle.

Un témoin qui l'eût observée aurait pu noter un subit changement de posture lorsque le clocher finit de sonner vingt et une heures. Jeanne s'était considérablement redressée, elle n'était plus la petite chose triste et mouillée qui courait comme un lapin apeuré quelques minutes auparavant. Elle avait pris une décision.

Si sa mère ne revenait jamais, se disait-elle, il faudrait demander à son grand-père de la prendre avec lui. Jeanne prierait, prierait, jusqu'à ce que ce soit certain qu'il dise oui.

Son père l'entendit rentrer, mais lorsqu'il se rendit compte que ce n'était pas sa femme, il retourna se poster près de la fenêtre du salon et l'ignora.

Élizabeth et Nathalie rentrèrent deux jours plus tard. En revenant de chez la voisine qui les gardait, Jeanne retrouva simplement sa mère devant l'évier, en train d'éplucher des carottes. Elle se jeta sur elle.

— Attends deux p'tites minutes, Jeanne, dit Élizabeth, j'ai les mains toutes sales…

— …

— Moé aussi, j'me su ennuyée d'toé, ajouta-t-elle après un instant. Pleure pas d'même, ma p'tite Jeannette, voyons !

SEPTIÈME TABLEAU

Les Devaux

Montréal, mai 1980

Georgette Brisebois était déjà ivre lorsque ses deux filleules, Élizabeth et Jeanne, se présentèrent chez elle. «Y'est trois heures de l'après-midi, estie, z'avaient juste à arriver à midi, comme y'avaient dit», pensa la double tante en ouvrant la porte. Depuis la mort de ses deux cousins, Jeanne n'avait plus revu sa marraine autrement que le sourire évasé, les yeux un peu vitreux, le geste confus, mais toujours de bonne humeur. «Moé, disait la mère éprouvée, j'me laisse pas abattre de même! J'reste deboutte vaille que vaille!»

— J'peux pas rester longtemps, dit Élizabeth en entrant.

Jeanne, sans prononcer un mot, regarda sa mère pour lui demander pourquoi. Élizabeth répondit de même, sans une parole : elle balança légèrement la tête, mais lourdement les yeux vers Georgette appuyée sur le chambranle, stationnant debout à grand-peine. Jeanne soupira mais n'insista pas.

— Tu vas ben prendre une bière ou une p'tite shot de gin quand même ? demanda Georgette en tournant le dos, prenant son élan pour se diriger vers la cuisine, au bout du corridor.

À contrecœur, Élizabeth suivit Jeanne, qui souriait de plaisir et s'élançait déjà derrière sa marraine.

— J'vas prendre une tasse de thé, matante, si t'en as, dit Élizabeth.

Les Devaux employaient Georgette Brisebois depuis si long-temps qu'ils fermèrent d'abord les yeux sur ses excès, puis s'y habituèrent sans s'en rendre compte. Finalement, ils ne purent plus l'imaginer autrement. Son travail d'ailleurs s'en ressentait : jamais Georgette n'avait tenu leur maison aussi propre et ne s'était montrée aussi complaisante que depuis le deuil de ses deux fils. Toute chose a ses avantages.

Éric Devaux travaillait peu, mais gagnait beaucoup d'argent. Un investisseur. Sa femme, sympathique à ses heures – quand elle dormait –, noyait ses névroses à la maison et n'avait que peu de temps pour ses trois filles. C'est alors que Georgette intervenait. On l'appelait d'ailleurs pompeusement « la gouvernante » devant les étrangers.

Madame Brisebois, que les Devaux vouvoyaient sans faille, leur avait été recommandée par une agente de placement, quelque dix ans auparavant. Ils avaient demandé une aide de race blanche – madame Devaux était intransigeante sur ce point – et avaient bien dû se contenter de cette drôle de petite bonne femme outrageusement maquillée et fagotée comme une guirlande hawaïenne.

Si Monsieur se montra d'abord et d'emblée outré par le curieux personnage et son langage ordurier, Georgette en tablier plut instantanément à Madame, secrètement satisfaite à l'idée que son mari ne batifolerait pas sur la table de la salle à manger. Éric Devaux dut s'incliner, mais il finit par s'en amuser. Si grossière fût-elle, il fallait bien admettre que la dame était divertissante.

Les Devaux possédaient une maison à Outremont et un domaine à Saint-Sauveur. Georgette faisait la navette avec plaisir car elle adorait la campagne, à petites doses du moins. En certaines occasions, comme celle-ci, elle emmenait Jeanne pour une semaine ou deux : la fillette la déchargeait de la petite Devaux. Éléonore Devaux, six ans, était aussi reposante qu'une promenade en pédalo à contre-courant.

— Tu ne te sers pas, Jeanne ? C'est bien ça son prénom, Jeanne ? demanda le maître de maison à Georgette, qui hocha la tête.

— Euh… C'est quoi ? demanda Jeanne timidement.

Éric Devaux sourit et déposa un homard dans l'assiette de l'enfant, puis se servit et s'amusa à apprendre à Jeanne à manier la pince et le crochet, sous l'œil désapprobateur de sa femme. Isabelle Devaux appréciait peu ses propres enfants en général, mais abhorrait ceux des autres en particulier. Jeanne croisa son regard et voulut disparaître sous la table, s'imaginant l'auguste reine du foyer la renvoyer chez elle, d'un mot ou d'un claquement sec de ses longs doigts vernis.

Jeanne accompagnait sa marraine avec plaisir chez les Devaux. L'ambiance la terrifiait parfois, mais le décor majestueux – les tapisseries, les vases, les grands miroirs, le chic des meubles et des tapis – la plongeait dans l'univers des Sophie, Camille, Blaise et Félicie. À l'instar des personnages de la comtesse de Ségur, Jeanne acceptait comme autant d'évidences les échelons qui séparaient le monde des Fournier de celui des Devaux, considérant le seul fait de fouler le sol de ces seigneurs comme une sorte de privilège. C'était comme se faire écrire dans un livre, raconterait-elle plus tard.

Les Devaux étaient une autre race de gens ; ils parlaient doucement, sentaient l'eau de toilette, s'habillaient chic et souriaient systématiquement à leurs invités, comme si un bouton de commande leur étirait les lèvres à chaque nouvelle apparition. Leurs yeux, cependant, ne suivaient pas le mouvement, et Jeanne en demeurait chaque fois fascinée.

Mais c'était leurs querelles, surtout, qui jetaient Jeanne en pleine confusion. Les Devaux, lorsqu'ils n'étaient pas d'accord, ne s'empoignaient pas, ne se jetaient rien à la tête, ne hurlaient pas. Ou ils se taisaient ou ils se vouvoyaient à outrance, et si leurs gestes étaient parfois très larges, Jeanne n'arriva pas à imaginer monsieur Devaux frappant sa femme autrement qu'à coups de mots. De drôles d'oiseaux.

— Hééé! C'est mon livre, ça! dit Éléonore à Jeanne, en tentant de lui arracher une bande dessinée.

Confuse, Jeanne ferma le *Bécassine* d'un coup sec et le rendit à la jeune Devaux.

— Tiens! Excuse-moi, dit-elle en s'éloignant.

Dépitée – elle souhaitait plus à provoquer un combat qu'à récupérer un livre dont elle possédait toute la collection –, Éléonore reprit:

— J'vais l'dire à mes parents, que tu touches à mes livres sans permission! Ils vont te jeter dehors!

Jeanne fit comme si elle n'avait rien entendu et quitta la pièce, mais elle se mit aussitôt à la recherche de sa marraine pour la prévenir de préparer sa valise. Elle trouva cette dernière accroupie au bas de l'escalier du sous-sol, nettoyant chacune des marches. Jeanne lui raconta la scène. Georgette la laissa terminer son histoire.

— Écoute, Jeanne, matante est occupée, là… dit-elle à sa nièce. J'vas parler à Éléonore tantôt, OK? Va jouer à d'autre chose, en attendant…

— Mais… qu'est-ce qui va arriver si y m'jettent dehors pis que tu le sais pas ? J'sais même pas le chemin pour aller chez nous…

Jeanne était au bord des larmes. Georgette soupira, mais l'attira vers elle en lui encerclant le visage de ses petits doigts boudinés.

— Ben voyons donc, ma p'tite Jeanne d'Arc, dit-elle, y'a personne qui va te mettre dehors de nulle part. Occupe-toi pas d'Éléonore quand est de même, ça va y passer ; est trop gâtée. C'est de même quand on est trop gâté… On finit par s'ennuyer… Tu comprends-tu ?

Jeanne leva les yeux en points d'interrogation, sa marraine ferma les siens d'irritation.

— Jeanne… Va jouer, là, matante est ben, ben occupée… De toute manière, on s'en retourne après-demain.

« J'les haïïïïs ! » cria Jeanne dans sa tête avant de s'éloigner. « Je r'viendrai pu jamais ici. »

Jeanne rentra dans le petit logis de ses parents avec un enthousiasme manifeste. Les Fournier étaient à table, chacun devant sa cuisse de poulet, ses pommes de terre pilées et ses petits pois verts. Jeanne n'avait pas faim.

— Pis ? lui demanda sa mère.

— C'tait comment? C'tait comment? demanda Julie tout excitée de retrouver sa sœur.

— C'tait vraiment l'fun, répondit Jeanne. Mais ils mangent des drôles d'affaires.

Chacun était retourné à son assiette. Ce n'était pas ce soir-là qu'on discuterait de gastronomie.

« Tadadam! » Jeanne sortit deux *Bécassine* de son sac.

— Hon! dit Élizabeth. Y'ont l'air beau. C'est-tu eux autres qui t'ont donné ça?

— C'est pas juste… commença Julie.

— Ils me les ont pas donnés pantoute, j'les ai juste pris. Sont beaux, hein?

— T'es as volés? demanda dédaigneusement Nathalie.

— Hein? dit Jeanne. Ben non. C'est pas voler, ça, Éléonore en a plein.

HUITIÈME TABLEAU

Noël chez les Fournier

Montréal, 25 décembre 1980

Après la messe de minuit, les Hamelin et les Brisebois accompagnèrent les Fournier à pied jusqu'à leur logement, rue Saint-André. Une neige fine et agréable tombait, et la famille décida de traverser le parc Lafontaine, pour le plaisir du léger détour.

Les enfants marchaient ou couraient en petites bandes. Les petites Fournier, bientôt dix et onze ans, entraînaient Martine, leur cousine. Jeanne racontait que dans la vallée des Sorcières – connue le jour comme le lac des Canards – se trouvait un monde magique et mystérieux : « On va rentrer dans un rêve, promettait Jeanne, sauf qu'on dormira pas. »

La cousine, sceptique, mais apeurée tout de même, suivait Jeanne avec délices, tandis que Julie s'accrochait au manteau de sa sœur.

Élizabeth Fournier marchait avec ses belles-sœurs et comptait de temps en temps ses quatre filles en silence, sans interrompre la discussion ni perdre son air rieur. Plus que quiconque, la fille de Rosanna appréciait cette promenade nocturne, qui lui rappelait une jeunesse ayant su s'amuser.

Protégée de la tête aux chevilles d'une lourde pelisse, Élizabeth souriait au vent sans le moindre sentiment de le narguer, lui soufflant au nez la fumée d'une cigarette qu'elle pompait gaiement, avançant lentement pour faire durer l'instant.

Les plus jeunes cabriolaient dans la neige, excités par la nuit et poursuivis par « Mononcle Serge », le plus jeune des frères d'Élizabeth. Le visage couvert du col de son manteau, Serge se prétendait le Monstre des Neiges et hurlait en conséquence.

Même le naturel morose de René Fournier semblait avoir pris une pause. Le père de famille souriait, l'air heureux, indifférent aux flocons qui glaçaient les pointes de sa moustache et à sa fille Chantal qui lui tenait la main. Il cheminait en compagnie de trois des frères de sa femme, s'adressant indifféremment au clan en bloc.

— Attendez d'voir ça ! Vous allez tomber su'l cul ! répétait-il en se frottant les mains.

René ne parlait que du buffet qui attendait les invités. Il avait passé toute la journée du 24 décembre dans sa cuisine, à décroûter, tailler, beurrer, rouler ou trancher de petits sandwichs et autres hors-d'œuvre, entre deux arrosages de dinde.

Les Hamelin se taisaient, peu soucieux de l'encourager. Les trois frères progressaient d'un pas sec et réglé, les épaules tassées, le regard au sol, le dessus du crâne pointant devant. Mal vêtus pour la saison, ils avaient surtout hâte d'arriver. Et plus pour la bière que pour le buffet de cet « ostie de frais chié de Fournier », comme ils le nommaient entre eux.

Georgette Brisebois et Rosanna Hamelin fermaient la marche. Les deux sœurs, mères et grand-mères de la compagnie, se tenaient le bras, plus par habitude que par amitié, et offraient un contraste remarquable. Georgette était couverte des épaules aux talons d'une immense fourrure brunâtre et flamboyante – un cadeau de sa fille – et ressemblait à un petit baril en peluche. De son visage ne se distinguaient que les paupières, fardées jusqu'aux sourcils d'un rose bonbon qui camouflait jusqu'à son regard. Un foulard masquait le reste, mais le laissait deviner coloré : maman ourse fagotée pour aller danser.

Rosanna ne lui ressemblait en rien. Grande et sèche, d'une beauté indéniable mais qui ne se remarquait pas d'abord, la sœur de Georgette portait un long manteau de laine bleu marine, droit et austère, qui lui prêtait une allure monastique. Son visage sans fard s'encadrait d'une chevelure abondante et sombre et affichait naturellement un air sévère et secret.

Les deux sœurs n'avaient pas échangé une parole depuis la sortie de l'église.

— Coudonc, Rosa... où c'est qu'y'est passé, ton Raoul ? demanda soudainement Georgette à sa sœur.

— Y'avait affaire à Paul Vézina. Y va v'nir nous r'joindre t'à l'heure.

— Vézina... Vézina le curé ?

— ...

— Ah ben ! Ah ben !... J'te dis qu'y en a qui s'payent la traite à Noël, ajouta Georgette en gloussant.

Rosanna abandonna sèchement le bras de Georgette. Elle détestait cette manie de sa sœur de tout nommer.

Georgette, amusée, se pinçait les lèvres sous son foulard pour ne pas rire. Elle se moquait souvent du mari de sa sœur, qui, rapportait-on, préférait les grands-pères aux grands-mères.

— Tadadam !

René avait rassemblé toute la famille avant de dévoiler son fameux buffet, recouvert d'une immense nappe de plastique. Il prenait cette précaution, disait-il, à cause de Jacques, le frère de sa femme, reconnu pour fouiller et souiller toute matière comestible, mais en réalité par amour du spectacle, par besoin d'un public. Ce vantard s'abreuvait de louanges comme un chameau d'eau, sauf qu'au contraire de l'animal, il devait se ressourcer constamment, quitte à inventer (ce qu'il faisait le plus souvent) des fables dont il était invariablement le héros. À l'entendre – peu l'écoutaient –, sa vie entière estomaquait un témoin stupéfié, toujours seul et disparu dans l'ombre. Dans sa tête, René Fournier était un sacré personnage.

Néanmoins, lorsqu'il arracha la nappe d'un grand geste théâtral, chacun en convint : le mari d'Élizabeth s'était surpassé. Un murmure d'admiration salua une gigantesque dinde rôtie trônant au centre de la table, déposée sur une assiette à larges bords et entourée d'une muraille de purée de pommes de terre. Autour du volatile s'étalaient des hors-d'œuvre : des céleris frisés couverts de Cheez Whiz côtoyaient des œufs farcis saupoudrés de paprika, des charcuteries roulées s'allongeaient sur des lits de tomates et de concombres tranchés, des biscuits soda servaient de canapé à des tranches de cheddar jaune, des saucisses enroulées de bacon encerclaient trois tourtières comme autant de canons. Des sandwichs enfin – aux œufs, au jambon et au thon – étaient savamment échafaudés en pyramides aussi hautes que la dinde et disposées aux quatre coins de la table. L'effet était surréaliste. René immortalisait d'ailleurs son chef-d'œuvre chaque année, pour son album photo.

Chacun s'empara d'une assiette de carton, d'une fourchette en plastique et d'une napkin de Noël pour se servir, sous la bonne garde de Fournier qui veillait à tout replacer à mesure. Dieu devant sa création n'était certainement pas aussi satisfait.

— Heyyyye ! JJJJacques ! marmonna Alain. Passe-moé une cigarette. Wooooups !

Alain, assis sur le bras d'un fauteuil, perdit un équilibre déjà précaire et bascula par-derrière en essayant d'épargner sa bière. Au même moment – presque deux heures du matin – ; René sortait de la cuisine à reculons, les bras au-dessus de la tête et chargés d'une immense assiette de petits sandwichs vaillamment décroûtés.

Le choc fut silencieux. Alain, son verre à la main, s'affaissa derrière René, lequel trébucha après quelques pas d'une danse étrange visant à protéger son plateau. Les bouchées comme les beaux-frères se retrouvèrent sur le plancher, étalés, baignant dans la bière renversée.

René ne perdit pas le sourire pour autant. Même qu'il rigola d'abord. Après tout, il fêtait dans sa propre demeure et pouvait aussi rapidement qu'avantageusement se changer de costume. La musique, les voix, le bruit des enfants, le réveillon de Noël enfin, lui avaient rendu le vin joyeux et le lui conservaient.

Mais lorsque René tenta de se relever et que sa main glissa sur un petit triangle de pain mouillé, qu'en un regard il constata que le plateau entier était fichu, irrémédiablement trempé, une crise de rage l'emporta fort loin des joies de la Nativité.

— Ah ben, toé, mon ostie d'enfant d'chienne ! rugit-il en s'essuyant la main sur son pantalon.

Le sourire amusé de Georgette Brisebois et le rire bruyant de Jacques décuplèrent la colère de l'enragé. Humilié, Fournier fonça sur son beau-frère éberlué et le força à se remettre debout.

— Mon ostie d'enfant d'chienne! répéta-t-il. Ça, tu vas me l'payer!

Les femmes se précipitèrent, curieuses. Élizabeth, en une seconde, tenta de s'interposer entre son frère et son mari, mais fut repoussée immédiatement. Jeanne s'accrocha dès lors à la jupe de sa mère de tout le poids de ses dix ans, pour l'empêcher de s'approcher de nouveau de ce père trop reconnaissable. René, les yeux injectés de sang, la langue pliée qu'il mordait de rage, n'entendait plus que sa rancune. Au diable, le doux Jésus.

Entre-temps, Raoul Hamelin entra sans sonner, la démarche sautillante, le sourire allongé par l'ivresse et les lunettes de travers. Le mari de Rosanna ressemblait à un fumeur de hasch dans un bar de cokés. Lui-même prit conscience de son incongruité et fila dans la cuisine, loin du salon et de la bagarre. Les brus y étaient, avec les plus jeunes des enfants.

Le grand-père décapsula une bière qu'il vida en deux gorgées, à même le goulot. Satisfait, il éructa bruyamment, ce qui amusa beaucoup ses petits-enfants.

— Encore, pèpèye! demanda l'un d'eux.

— OK, mon beau. La bru ! Passe-moé une autre bière ! lança Raoul en installant le petit à califourchon sur ses genoux. C'est Noël, calvaire !

René et Alain ne parlaient pas ; la fureur de l'un et l'ébahissement de l'autre se concentraient dans leurs épaules, l'un pour pousser, l'autre pour essayer de se maintenir debout. Fournier se mordait toujours la langue, aveugle et sourd aux supplications de sa femme et de sa belle-mère.

— Calme-toé, René, calme-toé. Lâche-lé, j'vas m'en occuper, moé, disait Élizabeth.

— Arrêtez, là… Arrêtez donc ! C'est Noël… répétait Rosanna.

Autant supplier un sanglier de manger des champignons en boîte. Rosanna pourtant refusait d'abandonner ; elle les suivait pas à pas, tentait tout en parlant de les séparer. René n'osa pas repousser sa belle-mère aussi rudement qu'il s'était débarrassé de sa femme.

Les deux hommes étaient presque à la porte d'entrée et René crut la réussite tout aussi proche. Il allongea le bras pour ouvrir la lourde porte cerclée de métal, et fit mine de lâcher prise en soufflant. Alain faillit en perdre l'équilibre. C'est le moment que Fournier choisit pour raidir son corps de toutes ses forces, pousser brutalement son beau-frère dehors et s'arc-bouter de tout son poids pour refermer la porte.

Rosanna, en larmes, s'accrochait à son fils, tandis que Jeanne, qui tirait en vain sur sa mère, se laissait traîner.

Un ultime effort, une dernière poussée et la porte se ferma. Enfin, Alain était dehors. Une vague de soulagement parcourut alors tous les spectateurs, mais épargna Rosanna. Couvrant le vacarme, la mère d'Alain hurla comme une possédée.

— Voyons, m'man ! dit Élizabeth. Charrie pas non plus ! Y va partir, Alain… Y va être correct… M'as aller y parler.

Rosanna devint livide. Elle leva sa main droite à la hauteur des yeux de sa fille : le sang en jaillissait comme d'une fontaine mal réglée, par petits bonds furieux puis par jets plus espacés.

Élizabeth poussa son mari sans ménagement, rouvrit la porte qu'il avait eu le temps de barrer et se pencha pour ramasser la moitié de l'annulaire de sa mère qui gisait par terre dans une petite flaque de sang, immobile et repoussant.

Jeanne poussa à son tour un cri horrifié et courut se réfugier dans sa chambre. Élizabeth, délivrée du poids de sa fille, ordonna à sa tante Georgette d'appeler un taxi tout en faisant asseoir sa mère. Elle se précipita ensuite dans la cuisine pour aller chercher de la glace et fonça dans la chaise de son père, occupé à vider sa bière d'une lampée sous les yeux agrandis de ses petits-fils.

— Crisse, Lizon ! Regarde où tu cours sacrament ! tonna Raoul. J'aurais pu m'étouffer, calvaire !

Élizabeth haussa les épaules, trop affairée pour répliquer.

La mère et la fille partirent, chacune sa débarbouillette ensanglantée à la main. Élizabeth portait le doigt de sa mère, qu'elle avait enveloppé avec un glaçon.

Au bas de l'escalier, Alain, recroquevillé dans l'embrasure de l'armoire à balais, remua à leur approche.

— S'cuse-moé, m'man, marmonna-t-il.

Le chauffeur du taxi klaxonna.

— Lizon, penses-tu que votre taxi peut me débarquer quèque part ? ajouta-t-il.

— Enweye ! Embarque en avant, lui murmura sa sœur.

Chez les Fournier, la fête reprit. D'abord sans entrain, les invités peu à peu se remirent à boire et à manger. Même Jeanne finit par sortir de sa chambre, attirée par les sons. Des yeux, elle chercha sa mère et sa grand-mère, et comme elle ne les trouva pas, elle s'approcha de sa sœur Julie et l'entraîna vers ce qu'il restait du buffet. Raoul, qui avait raté la scène, en rigolait.

— Encore une chance que Rosa se soit pas crissé les deux mains dans porte ! J'sais pas faire à manger, moé !

Le Journal de Jeanne

Montréal, 10 janvier 1981

J'ai onze ans et je voudrais être adoptée. Changer de famille. Je suis trop tannée qu'ils se battent pis qu'ils crient tout le temps. J'aime pas ça. Ça me fait peur pis ça me fait de la peine. Je m'ennuierais de ma mère, c'est sûr, mais au moins je me coucherais dans mon lit, le soir.

Aujourd'hui, j'ai le goût d'écrire ma vie. Peut-être que si je l'écris, ma vie va sortir de ma tête pis je vais pouvoir piler dessus. Ça serait le fun si ça marchait de même.

Depuis ma fête, je m'endors en dessous du sofa. J'ai pas le choix, j'entends pas mon père arriver quand je suis dans ma chambre. Si je me lève pas quand il arrive, il va tuer ma mère. Je veux qu'il me tue en même temps, je veux mourir en même temps qu'elle. J'imagine pas ma vie sans ma mère.

Ma mère, elle m'aime souvent. Mais pas mon père. Lui, il me déteste. Parce que j'aime pas ses steaks, je pense. C'est pas de ma faute, j'aime pas ça la viande qui saigne dans mon assiette. Ça dégouline dans les patates pis ça m'écœure. J'aime mieux le poulet. Je trouve ça niaiseux qu'il me haïsse pour ça, je suis super tranquille. Tout le monde dit tout le temps que je suis sage comme une image. Ils disent pas une image de quoi, mais ça doit être une image tranquille, c'est sûr. Une image tranquille qui mange du poulet.

Pas comme mes sœurs. Julie chiale tout le temps pour rien, pis les deux grandes se chicanent toute la journée comme des folles enragées. Moi, je fais rien, je reste dehors le plus que je peux. Comme ça, personne me dérange pis je dérange pas personne non plus. Je marche, je marche, je marche. Pis je parle dans ma tête avec mes nouveaux parents. Ceux qui se battraient pas.

Mon père me bat des fois, mais pas souvent. Pis de toute façon, je m'en fous, ça me fait même pas mal. Il sort sa grosse ceinture pour me taper le derrière avec, mais par le temps qu'il fesse, j'ai le temps de penser à plein d'autres choses pis je sens rien. Sauf une fois. Cette fois-là, il m'a pas manquée, mais c'était de ma faute. Il m'avait entendu rire après, pis il est revenu me fesser. J'ai pas eu le temps de penser à d'autres choses, pis ça a fait vraiment mal. Je pense que moi aussi, je l'haïs. Je l'haïs comme un vieux steak rouge pas cuit. J'ai hâte d'être grande. Moi aussi, je vais avoir une grosse ceinture.

Mais sinon, je me fais pas trop souvent chicaner. Quand j'étais plus petite, en première année, j'écrivais partout. Sur les murs, les meubles, les pupitres. C'était drôle parce qu'une fois, j'étais tombée sur une canette de peinture pis j'avais écrit sur le mur du garage, dans la ruelle : « Le propriétaire ici est un gueux. »

J'avais trouvé ça dans la comtesse de Ségur, le mot « gueux »,
et je le trouvais beau. Hihihi! J'avais plein de peinture rouge
dans les mains, pareille comme la peinture du graffiti, mais
tout le monde pensait que j'avais trouvé la canette juste après,
vu que c'était trop bien écrit. C'est pratique, des fois, qu'ils
pensent que je suis niaiseuse.

Je comprends quasiment rien dans ce qu'ils disent, mais
j'aime ça les entendre parler en cachette. Ils savent pas que
je les écoute, ils pensent qu'ils sont tout seuls. Quand ma
marraine vient chez nous, elle est facile à entendre. Elle parle
super fort, je pourrais même rester dans ma chambre, je
pense. Mais j'entendrais pas les autres.

Ça fait pas ben ben longtemps qu'elle a recommencé à venir
jouer aux cartes chez nous. C'est à cause de ses deux petits
garçons qui sont morts. C'est ça qu'elle dit, mais je me souviens d'eux autres, c'était pas des petits garçons pantoute.
C'était des monsieurs, avec du poil dans la face qui pousse.
Mais c'est vrai qu'ils sont morts.

C'était des voleurs de banque comme à la télé. Nathalie nous
a dit ça. Ils allaient dans des vraies banques avec des vrais
guns et ils demandaient l'argent aux madames en arrière
des caisses. Vraiment pareil que dans les petits bonshommes!
Sauf que ça a pas bien fini, la police les a attrapés, les deux
sont morts. Ma marraine dit tout le temps que je ressemble

à Jean-Claude. J'aime pas ça quand elle dit ça, j'aime pas ça ressembler à un mort.

Au moins, ces deux-là, ils saignaient pas dans leur cercueil. Mais c'était triste pareil, le monde braillait plus fort que quand c'était mon parrain. J'aime trop pas ça, voir des grands brailler de même. Pour rien en plus. Le mort qui est mort, il va pas revenir dans la vie.

Ma marraine, c'est vraiment pas drôle quand elle braille. Elle coule de tout partout. Le jour que ses gars sont morts, je m'en souviens, elle m'avait tellement morvé dessus que c'était vraiment dégueu. En plus, je pouvais même plus enlever mon chandail, sinon j'aurais eu sa morve dans mes cheveux. Yark.

J'aimerais ça arrêter de penser. Arrêter de brailler, aussi. Je braille juste en cachette, mais je braille trop pareil. Je comprends pas pourquoi mon grand-père est parti, non plus. Ça faisait quasiment un an qu'il restait chez nous, pis lui au moins, il était tout le temps fin avec moi. Ma mère dit que c'est parce qu'il avait des affaires à faire, mais ça se peut pas. Ça se peut pas qu'il soit parti sans me dire bye. Ça se peut trop pas.

Ou ben sinon, je comprends rien. C'est ça qui m'énerve des adultes. On dirait qu'on est des bibelots pour eux autres. Ils peuvent nous déplacer, nous abandonner, nous jeter ou carrément nous pitcher pour nous casser. Ma marraine est pareille. Avant, elle m'aimait, asteure, elle vient pu jamais me voir ni me chercher. Sont trop pas fins.

Des fois, je vais chez mon amie Pascale. Sa mère est super fine, son père avec. J'aimerais ça que mes parents soient fins de même. On va chez eux directement après l'école, pis y'a toujours une collation qui nous attend. Elle est chanceuse, Pascale. En plus, elle a personne dans les pattes, pas de sœurs, pas de frères, rien pantoute. J'aimerais ça avoir une vie comme elle.

Mes sœurs sont connes. Les deux grandes écoutent de la musique de mongoles, l'autre niaiseuse tripe encore sur ses catins. L'autre soir, Nathalie nous gardait, pis la vache, elle m'a rentré ses ongles dans le poignet pour que je lui donne un verre d'eau. J'avais le goût de lui pitcher dans son lit, le verre d'eau, mais j'ai pas osé, elle est ben trop forte pis ses ongles sont ben trop longs. Je l'haïs.

Chantal est pas mieux, elle passe son temps à se jacker sur des talons hauts en cachette pis à chanter dans des rouleaux vides de papier de toilette pour faire comme un micro. Elle chante fort pis mal pis tout le temps. Une vraie folle, elle avec.

Coudonc, c'est ben plate écrire sa vie. J'pense que je vais laisser faire.

NEUVIÈME TABLEAU

Une dispute

Montréal, mai 1981

Des cris et des bruits de vitre brisée se mêlaient à son rêve. Jeanne se réveilla en sursaut et se frappa le crâne sous le canapé. Elle se croyait dans son lit. Elle rampa aussitôt hors de sa cachette et se jeta devant Élizabeth sans prononcer un mot. Jeanne le savait, sa mère n'admettait aucune question dans ce genre de situation.

Élizabeth, silencieuse et théâtrale, reculait vers le mur du fond, un grand couteau de cuisine en main, prête à fendre son mari à la Dumas. Lorsqu'elle sentit sa fille tirer un peu sur sa jupe, elle baissa légèrement la voix, mais pas son arme.

— Écoute, Jeanne, dit-elle avec un calme surprenant, c'est rien. Va te coucher, ma belle, c'est rien de rien…

Jeanne refusa de bouger et s'accrocha davantage. Élizabeth inspira lentement pour se calmer et lui donna un coup de genou pour s'en défaire. Affolée, Jeanne se jeta alors dans un autre coin, toujours muette, fixant tour à tour son père et sa mère. Elle ne voulait pas perdre une seconde de la scène, convaincue que si elle fermait les yeux une seconde, sa mère mourrait. Son père était beaucoup plus fort que sa mère et l'arme pourrait bien se retourner contre celle-ci. Comme dans les films. C'était la première fois que Jeanne voyait sa mère dans cet état. Habituellement, on sortait les grands mots, pas les longs couteaux.

Si René avait volontairement ignoré la présence de sa fille, Élizabeth, pour sa part, l'oublia par distraction, subjuguée par la lame qu'elle brandissait. Elle postillonnait en menaçant son mari :

— M'as t'tuer, mon ostie de rat ! Approche-toé pis m'as t'tuer, mon tabarnac !

René ne disait rien. Il observait chacun des gestes de sa femme afin de se protéger, au cas.

Brusquement, il fit un pas dans la direction d'Élizabeth, Jeanne se mit à hurler et Nathalie, sortie de nulle part, parut.

— Bon, l'autre bâtarde qui vient faire son show, asteure ! cracha René.

Jeanne voulut se lever, mais Nathalie la retenait déjà dans ses bras, une main sur les yeux de sa cadette pour l'empêcher de voir. La petite se débattait ; elle finit par mordre sa grande sœur et partit comme une flèche se jeter sur sa mère. René s'était éloigné.

Cette fois, Élizabeth ne repoussa pas sa fille. Elle abaissa le bras et lui caressa les cheveux, sans pourtant renoncer à sa position de combat.

— Va-t-en, mon ostie ! Va-t-en ! hurla-t-elle à son mari.

— C'est ça. Étouffe-toé donc avec ton ostie de chouchou pis ta p'tite crisse de bâtarde.

René Fournier s'assit sur le sofa, alluma une cigarette et la télévision. La scène était terminée.

S'affronter chez les Fournier était l'affaire d'environ une heure, trois fois par semaine, au rythme stable d'un jour sur deux. Les époux se querellaient rarement le dimanche, par un reste de pudeur qui les retenait de s'étaler complètement. Le dimanche était un jour de visite.

Certains soirs, c'était plus doux ; les insultes jaillissaient plus mécaniquement, visiblement moins ressenties. « Farme donc ta yeule, ostie ! » lorsqu'ils n'étaient pas tout à fait d'accord ; « Veux-tu ben manger un char de marde, tabarnac ! » lorsqu'ils n'étaient pas d'accord du tout. Du baratin.

Mais ce jour-là, il manquait cinquante dollars pour payer le loyer et les courses n'avaient pas été faites. Élizabeth n'avait plus une goutte de lait ni de savon à vaisselle, et Fournier, plus un rond.

Furieuse, elle avait mis tous les vêtements de son mari dans deux sacs-poubelle, les avait déposés sur le perron et avait bloqué toutes les entrées avec des chaises calées sous les poignées. Fournier avait plaidé un temps, en vain. La langue avait fini par lui plier, et quand il se la mordit tout à fait, tout était dit : il allait défoncer.

Élizabeth s'était précipitée sur un couteau, René sur un tabouret qui traînait sur la galerie. Il avait reculé de quelques pas, pris un élan et précipité le petit banc de bois dans la porte vitrée. Une fois la porte ouverte, les deux époux s'étaient mis à japper. Jeanne n'avait pas rêvé.

Le Journal de Jeanne

On est dans un chalet. C'est une sorte de cabane tout en bois remplie de fenêtres pis c'est vraiment l'fun. Ce matin, mes parents ont fait le déjeuner ensemble. C'est rare. Mon père s'occupait des œufs pis du bacon, ma mère beurrait les toasts pis coupait des tranches de tomate pour mettre dans les assiettes. Nous autres, on faisait rien, on était juste assises à la table en train d'avoir faim.

J'écris avec un stylo spécial. C'est mon parrain qui me l'avait donné quand j'avais quatre ans, je pense. Je m'en souviens plus vraiment, mais ma mère l'avait serré pour plus tard. Elle l'avait oublié, pis moi aussi. Mais la semaine passée, en cherchant un papier important, elle l'a retrouvé pis elle me l'a donné.

Ça fait bizarre, recevoir un cadeau d'un mort. Je m'en souviens, de mon parrain, je revois sa face, son sang dans son dos, brrrr… Y'était tellement frette. J'aime pas tellement ça, penser à lui.

Ça a tellement fait de la peine à ma mère pis à mon oncle Alain, je m'en souviens. Finalement, si j'ai un peu compris, il s'est lancé devant une auto, sur la rue Saint-Denis. Il a fait exprès, ça fait que c'est un suicide. Pis il avait pas de cartes de je sais pas quoi, c'est à cause de ça qu'il était disparu. La police savait pas c'était qui, ce mort-là.

Sa mère, elle braille encore chaque fois qu'elle me voit. Je sais pas si elle braille aussi quand je suis pas là, mais si oui, ça a pas d'allure. J'espère qu'elle boit de l'eau en masse, elle va toute pleurer son corps, la pauvre madame.

Pourquoi je parle de cette madame-là, donc? Ah oui, à cause de mon stylo spécial.

Lac Alouette, 11 août 1981

Ça fait trop bizarre, on dirait que quelque chose marche pas. Même hier soir, quand je me suis endormie, y'avait pas de cris de ma mère ni de mon père. Juste des bruits de je sais pas quoi qui venaient de dehors, on aurait dit qu'on couchait dans une émission de *La petite maison dans la prairie* pis que je m'appelais Laura Ingalls. Tellement que ce matin, je me suis fait deux tresses pour lui ressembler plus. Je l'ai pas dit à ma sœur, elle aurait pas compris. Y'aurait fallu que je lui fasse un dessin avec des Barbies.

Ici, ça s'appelle le lac Alouette. C'est un beau nom, je trouve. Ça sonne comme omelette. En tout cas, ça porte bien son nom, y'a un lac juste à côté, quasiment dans la cour. Ça doit être le lac Alouette. J'ose pas demander à ma mère, elle aime pas vraiment ça quand je pose des questions. Pis là, sont tellement de bonne humeur, les deux, je voudrais pas gâcher ça.

Plus tard, mon père dit qu'on va faire un grand feu de camp. J'ai ben hâte, j'aime ça, le feu, même si j'en ai jamais vraiment vu un vrai. On va faire brûler des marshmallows, ça va être drôle.

Demain, je vais aller ramasser des feuilles pour mon herbier. C'est monsieur Devaux qui m'a acheté ça pis c'est vraiment intéressant. Au début, j'ai trouvé son cadeau plate, mais quand tu commences à coller des feuilles dedans pour vrai, ça devient tripant. C'est comme si tu commençais quelque chose que tu pourrais finir un jour. Je sais pas si je vais le finir un jour, mais juste de savoir que je pourrais, je trouve ça… satisfaisant, tiens. C'est ça le mot que je cherche. J'ai expliqué ça à mon grand-père l'autre jour, mais j'avais pas pensé à ce mot-là. Satisfaisant. Ouin, mon herbier, c'est ça. Mon grand-père m'a dit que j'étais une petite philotophe, une affaire de même. Philo, je sais pas trop ce que ça veut dire, mais tophe, je le sais. On est une gang de tophes chez nous, on serait tous morts sinon.

Mais là, je vais aller faire ma tophe dehors.

Lac Alouette, 12 août 1981

Je suis allée me promener aujourd'hui. Y'a plein d'autre monde autour. C'est plate que je sois trop gênée pour aller leur parler. Y'avait deux filles pis un gars qui se pitchaient dans l'eau avec une planche flottante en plastique, j'aurais aimé ça aller jouer avec eux autres. Mais je pouvais pas. Chaque fois que je voulais faire un pas, mes jambes voulaient pas avancer. C'est plate.

Au moins, j'ai trouvé beaucoup de feuilles pour mon herbier, je suis pas mal avancée. J'ai trop pas hâte de l'avoir fini, quand je pense à ça.

Ma sœur Julie est fine, j'ai jamais vu ça ! On a joué aux voyageuses perdues, dans le bois, c'était vraiment trop le fun. Fallait qu'on se construise un abri, qu'on se défende, qu'on chasse pis toute. On a chassé une canne de ragoût dans l'armoire pis on s'est ramassé des grosses branches de sapin pour se faire une sorte de tente. Mais c'était pas une bonne idée, finalement. On s'est tellement fait piquer par les bibittes que y'avait pu de place dans notre peau pour d'autres trous. Mais c'est pas grave, c'était vraiment l'fun pareil.

Lac Alouette, 14 août 1981

Le feu a pogné dans les patates frites. Un gros feu qui montait quasiment jusqu'au plafond. C'est plate parce qu'à cause de ça, mes parents ont recommencé à se chicaner. Mon père dit que c'est la faute à ma mère, qu'elle aurait dû rester à côté du chaudron pour surveiller. Franchement, c'est niaiseux surveiller un feu, ça aurait pu pogner dans ses cheveux.

Ma mère est sortie dehors avec le chaudron plein de feu pour aller le pitcher dans le lac. On aurait dit une sorcière qui a manqué sa potion, ou ben une sorcière qui veut faire un plus gros bouillon, un bouillon gros comme un lac. Avec une boucane comme en enfer. Mon père l'a encore traitée de niaiseuse, il dit qu'il fallait mettre une couverte sur le feu ! Y'est-tu con, maudit.

J'aime plus tellement ça être ici, j'ai hâte qu'on retourne en ville. Au moins, chez nous, je peux me cacher dehors. Ici, je suis pognée pour rester pas loin, c'est trop épeurant. Nathalie a vu trois ours depuis qu'on est arrivés. Ils l'ont pas attaquée parce qu'elle a des grandes jambes. C'est vrai qu'elle court vite. Mais moi, je cours pas si vite et j'aimerais cent fois mieux me faire découper par mon père que de me faire grafigner jusqu'aux os par un ours. Je dis ça, mais c'est pas vrai, j'aimerais mieux que ni un ni l'autre m'arrive. Je veux pas saigner quand je vais mourir, ça a trop l'air de faire mal.

Quand j'étais petite, l'amie de ma sœur Chantal s'est fait frapper par une auto, il paraît. Devant Chantal. Yark. J'aimerais tellement pas ça voir mon amie se faire frapper devant moi. Ma mère nous conte tout le temps cette histoire-là quand on traverse la rue, pour pas que ça nous arrive. Je sais pas pourquoi je pense à ça, c'est un peu dégueu. Je vais parler d'autre chose. Ah, pis non, je vais aller dans le lac. Voir s'il goûte les patates frites !

Lac Alouette, 24 août 1981

Mon oncle Alain est ici, mon père a pas l'air content. Moi, je suis contente, je l'aime beaucoup, surtout quand il est pas trop saoul. C'est l'fun quand il est là, lui ou n'importe qui, parce que mes parents s'engueulent moins. On dirait qu'ils sont gênés de se traiter de noms devant le monde.

On retourne en ville demain. Vu que c'est les vacances, je vais pouvoir aller chez ma marraine pour toute la semaine. Je vais amener mon herbier je pense, parce que... ben, parce que je la trouve ben fine ma marraine, mais je peux pas faire grand-chose dans sa maison à part regarder la télé ou l'écouter chialer. Mes matantes vont peut-être venir faire un tour, j'aimerais ça. Sont tellement pleines d'argent, on dirait que ça pousse dans leurs poches. Dans le fond, c'est pas mes matantes, c'est mes cousines, en tout cas les cousines de ma mère. Mais sont vieilles, au moins trente ans je pense, ça fait que c'est comme mes matantes.

Ma sœur Julie est jalouse parce qu'elles l'invitent jamais et lui achètent jamais rien non plus, mais je les comprends, elle est trop... désagréable. Tout le temps en train de piquer des crises, on dirait une maladie. Une fois, au magasin, elle se roulait quasiment à terre pour une Barbie niaiseuse. J'avais honte. Ma mère aussi, ça fait qu'on l'a laissé faire son spectacle pis on est parties manger un sundae. Quand on est retournées au magasin pour la chercher, elle braillait encore mais ça faisait pas mal moins de bruit. Les bonshommes de la sécurité ont dit à ma mère que ça se faisait pas de laisser une enfant de sept ans toute seule dans un magasin. Ma mère leur a répondu de se mêler de leurs affaires pis on est parties. Je te dis que Julie avait l'air conne en maudit, la face toute enflée comme si quelqu'un lui avait soufflé dans la peau des joues. Ça doit être les catins qui la rendent niaiseuse de même. Ou le steak.

Montréal, 26 août 1981

Enfin, on est revenus de l'enfer des bois. Yark. Je veux pu jamais aller là de toute ma vie. En plus, c'est rempli de bibittes, y'en a partout.

L'école recommence bientôt. J'ai hâte de voir mon amie Pascale. J'espère qu'elle m'a pas oubliée pis qu'elle va continuer de m'inviter chez eux de temps en temps.

À mon école, y'a quasiment rien que des Français. C'est normal, ça s'appelle le Collège Français. Même les profs parlent comme des télés, même les élèves, même les madames qui travaillent à la cafétéria. Ça fait drôle, on dirait qu'on va à l'école dans un film.

J'aime ça, l'école. Plus que chez nous en tout cas. Une chance ! Je passe mes journées là, de six heures du matin à six heures du soir. C'est mon père qui nous dompe le matin pis qui nous ramasse le soir. Il travaille juste à côté, c'est pratique.

La seule affaire qui est gênante, c'est mes maudits lunchs. Tout le monde rit de mes sandwichs au Paris Pâté pis ça me fait chier. Pis du jus de pomme aussi, je suis tannée d'en boire.

Hihihi. Me semble que ça serait drôle, si je disais ça à mes parents, bête de même. Mais je dirai rien, je dis jamais rien.

L'autre jour, y'avait un monsieur qui se promenait dans la cour. J'étais avec deux amies, on jouait à la tag. Le monsieur nous a appelées pour nous demander c'était à qui le vingt-cinq cennes qu'il venait de trouver à terre, pis vu qu'on le savait pas, il nous a sorti son… son… ben, son affaire, là, de son pantalon pour nous la montrer. Beurk! En plus, il voulait qu'on y touche. Franchement, c'était ben trop dégueu, y'en a pas une qui voulait. Ça ressemblait à une grosse saucisse pas cuite avec de la peau de fesse dessus.

Le lendemain, mon amie était tout excitée. Elle avait conté ça à sa mère, pis ça a l'air qu'on avait vraiment bien fait de pas vouloir y toucher. Même qu'on aurait pu appeler la police. Je me demande si ma mère aurait dit ça, elle aussi.

Ça aurait été drôle, ça. Bonjour, monsieur la police, y'a un monsieur dégueu qui veut qu'on touche à sa vieille saucisse. Hihihihihi.

Montréal, 8 *septembre* 1981

J'ai ben trop de devoirs, je sais pas comment je vais faire. C'est facile, mais c'est long pareil, ça me tente pas. C'est con en plus, ça sert à rien. Pis je suis sûre que le prof lit même pas tout ça, c'est ben trop plate.

J'aimerais ça pogner une maladie ou me casser une jambe. Quelque chose qui ferait pas trop mal, mais qui me garderait couchée toute la journée. Je ferais rien pantoute, rien, rien, rien. Pis ma mère s'occuperait de moi, elle fait ça quand on est malades ou qu'on se pète la yeule. Quand on n'a rien qui va mal, c'est comme si on n'existe pas.

En plus, j'aime ça, l'hôpital. On est allés une fois voir le mononcle de ma mère pis je trouvais qu'il avait l'air chanceux. Plein de boîtes de chocolats autour de son lit, des fleurs, pis toute. J'aurais aimé ça changer de place avec lui. Pas pour toute ma vie, c'est sûr. Juste comme pour une sorte de vacances. Pis surtout, j'aurais pas tous ces maudits devoirs-là à faire.

DIXIÈME TABLEAU

Le Palais du Livre

Un an plus tard…

Vieux-Montréal, octobre 1981

C'est une odeur de merde qui attira son attention. La courte dame regarda d'abord sous sa chaussure, mais ses semelles étaient bien propres, sans résidus animaliers. Persévérante, elle jeta des regards circulaires de plus en plus larges et se mit à renifler autour d'elle comme un chien en chasse.

À cette heure matinale – environ dix heures –, le Palais du Livre était plutôt désert. Seuls quelques mordus, des vieux pour la plupart, décoraient les allées de leur présence en les parcourant lentement.

La renifleuse était une habituée et hantait surtout la section Cuisine. Une jeune fille à laquelle elle donna environ huit ans se tenait deux allées plus loin, le nez fourré dans un livre. L'odeur ne venait certainement pas d'une si grande enfant, mais la dame s'en approcha tout de même, l'organe olfactif pointant comme un dard.

Elle aperçut alors le marmot. Un gros garçonnet installé dans une poussette camouflée par un étal imposant, occupé à sucer un morceau de pain. Le bambin paraissait plus intéressé par les couleurs qui se déployaient devant lui que par l'odeur tenace qui émanait de sa couche. De même, la fillette semblait n'en avoir que pour les longues rangées de romans.

Jeanne leva la tête un instant, dévisagea la curieuse avec surprise, sourit au bébé puis replongea le nez dans un autre livre pour en lire une page au hasard. Chaque exemplaire usagé de la bibliothèque rose ou verte coûtait dix sous, et un demi-dollar était prêt à y passer.

Madame Chose – inutile de lui prêter un nom – fit mine de s'éloigner mais ne perdit pas les deux enfants de vue, curieuse de voir la tête de leur mère ou de leur père comme elle était curieuse de tout. Sa physionomie d'ailleurs rappelait le profil de la fouine. Un corps ramassé, un visage pointu, les yeux rapprochés d'une inquisitrice, la démarche fureteuse, un peu saccadée. Le corps suit souvent le mouvement du nez.

Un livre de recettes vint cependant à bout de son attention, et c'est la tête fromagée et pleine de pâtés qu'elle redescendit les quatre étages qui menaient à la caisse. Les miasmes, la fillette et le marmot étaient oubliés ; des visions et des odeurs plus camarades les avaient remplacés.

Madame Chose entendit les cris du bébé bien avant d'atteindre le rez-de-chaussée, et se douta bien qu'il s'agissait du même sac à merde qu'elle avait reniflé quelque trente minutes plus tôt. La fouine chargea droit sur Jeanne.

— Y'a besoin d'être changé, je pense, dit-elle en pinçant les narines et en serrant les lèvres, comme pour respirer le moins possible.

Jeanne la reconnut et, gênée, haussa les épaules d'une manière désolée avant de répondre :

— Je l'sais, mais j'ai oublié d'emmener une couche. On s'en va, là.

— Vous êtes tout seuls ? reprit la sèche dame. Vos parents sont où ?

— Euh… Sont chez nous.

— Mais t'as quel âge donc, ma p'tite ?

— Onze ans ? répondit Jeanne, comme si elle en doutait elle-même.

— T'as l'air plus jeune que ça, j'te donnais pas huit ans. C'est ton p'tit frère ?

— Non. Y'est placé chez nous. Moi, j'le promène, on se tient compagnie.

— Placé ?

— Oui. Ma mère est une famille d'accueil, dit encore Jeanne, on a plein d'enfants chez nous, ajouta-t-elle fièrement.

Cette manie que Jeanne avait de raconter sa vie au premier venu… C'était si rare qu'on lui adressait la parole, au moindre signe d'intérêt elle était prête à tout déballer.

Enfin, Jeanne se retourna, paya et sortit. Le bébé pleurait toujours, la fillette attendit d'être dehors pour le sortir de sa poussette et tenter de le consoler en le taquinant. La renifleuse fronça le long sourcil qui lui longeait le front comme une plage.

Jeanne marcha vers le métro, le bébé se remit à pleurer et à se tortiller de malaise dans sa poussette. Deux minutes plus tard, une camionnette et une voiture de police s'arrêtaient à côté d'eux, et en quelques secondes un couple de policiers se planta devant Jeanne pour l'empêcher d'aller plus loin. En regardant derrière, Jeanne aperçut la dame au nez pointu qui discutait avec deux autres agents.

— Bonjour, mam'selle! Vous vous en allez où comme ça? demanda l'un deux.

— Chez nous, répondit Jeanne, laconique, soudain moins encline à raconter sa vie.

— C'est où ça, chez vous?

— Chez nous, c'est chez nous, fit Jeanne, devenue méfiante.

Et ce disant, elle fit mine de contourner le couple d'uniformes.

Au poste de police, Jeanne était relativement calme, mais elle bondit lorsqu'une agente s'apprêta à s'éloigner avec «son» bébé. Le policier assis devant elle reprit alors, d'une voix patiente, un peu lasse :

— Soit tu nous dis ton nom et le nom de l'enfant qui est avec toi, soit on l'emmène et on s'arrange pour le trouver nous autres mêmes…

Jeanne soupira, ferma les paupières quelques secondes, puis jeta dans un souffle :

— Jeanne Fournier. Lui, c'est Lucien je-sais-pas-qui, on n'a rien fait d'mal, j'ai juste oublié une couche pis je m'en r'tournais chez nous. Laissez-moi partir, s'il vous plaît, ma mère va trop mourir d'inquiétude…

Si c'est une grande fille qui était partie acheter des livres avec un bébé, c'est une fillette qui s'effondra, en larmes. Elle s'imagina sa mère en train de paniquer, de se morfondre à l'idée qu'il ait pu lui arriver quelque chose. Jeanne aurait voulu la rassurer, mais les agents avaient refusé de la lui passer, au téléphone. Elle se jetterait dans ses bras en arrivant. Ils ne la garderaient pas trop longtemps, un policier le lui avait affirmé.

À force de visualiser les retrouvailles avec sa mère, Jeanne finit par se calmer.

Élizabeth, en raccrochant, s'alluma une cigarette alors qu'une se consumait déjà dans le cendrier, et se mit à faire arpenter sa cuisine.

La voix du policier l'avait rendue nerveuse, elle n'avait rien compris de ce qu'il lui avait dit. Jeanne au poste, ils allaient la ramener. Ne pas s'inquiéter.

«Oublier une couche pis se faire arrêter! Ah, la p'tite crisse, ça, a va me l'payer...»

Le Journal de Jeanne

Laval, 9 mai 1982

Y'a un gars qui s'appelle Gilles Villeneuve, qui conduit des chars de course pis qui est mort, hier.

Je ne le connaissais pas pantoute dans la vraie vie, mais on le voit partout sur les couvertures de magazines, au dépanneur. Mon père s'est mis à triper dessus, on a même un poster de lui dans la maison, au sous-sol.

Y'est mort. C'est bizarre, mais ça me fait de la peine. Je regarde le ciel, je fouille partout dans les nuages pour voir sa face, mais je la trouve pas. Je commence à trouver ça sceptique de penser qu'on va au ciel quand on meurt. C'est plus facile à croire quand tu te fais pas d'image, en tout cas. Quand t'imagines quelqu'un mort monter au ciel, ça a juste pas d'allure.

« Sceptique », ça veut dire qu'on croit pas trop à ça. J'aime ça quand mon grand-père m'apprend des mots nouveaux, surtout quand sont compliqués à écrire comme sceptique.

Je me demande ce qu'on devient quand on est mort. Ou peut-être que c'est le contraire ? Peut-être que la mort, c'est le début de la vie pis que là, en ce moment, on a quasiment fini d'être mort ? C'est compliqué, penser à ça, mais j'y pense tout le temps.

En tout cas, pour Gilles Villeneuve, je trouve ça plate pis l'fun en même temps. Ça doit être le fun mourir dans ton char, si c'est ton char que t'aimes le plus au monde. Je veux dire, c'est mieux que de mourir dans ton lit, couché entre deux couvertes comme une tranche de baloney. Mais je trouve ça triste aussi, c'est sûr.

Y'en a eu beaucoup, des morts, dans ma famille. Des vrais morts que je connaissais vivants pis toute. Mais je sais pas, je devais être trop petite, ça me faisait rien. Bizarre pareil que je sois triste pour un gars que j'ai jamais vu de ma vie, pis que je le sois pas pour mon parrain qui était tellement fin. En tout cas, j'espère qu'il y en aura pas encore dans ma famille. Ça me ferait trop de peine que mon grand-père ou ma grand-mère disparaissent pour tout le temps. Ma mère, je veux même pas y penser. Si ma mère meurt, je me tue le même jour. Promis, juré.

Bon. Encore le maudit souper. Je le sens d'ici, c'est du steak haché. Je vais encore me faire chicaner.

Laval, 27 juin 1982

Mes sœurs vont pas tellement à l'église, mais moi, j'y vais presque tous les dimanches, avec ma mère. C'est une petite église, à Saint-Vincent-de-Paul. C'est loin. Trois milles à peu près, mais on y va quand même à pied. Ça prend plus qu'une heure, j'aime ça. Moi pis ma mère on marche, on marche, on dit pas un mot.

Y'a pas de maisons sur le boulevard Lévesque. Y'a juste des oiseaux morts. Même pas personne d'autre qui marche. Les oiseaux sont morts parce qu'ils se sont fait frapper par des autos. Ça doit être juste des oiseaux cons qui sont morts parce que franchement, y'a tout le champ pis tout le dessus de l'eau pour voler. En tout cas, si c'est pas des épais, ça veut dire que y'a des oiseaux qui se suicident à Laval sans bon sens. Y'en a plein.

En marchant l'autre jour, j'essayais de penser à comment on doit se sentir, en tuant un oiseau. Avec ses mains je veux dire, pas avec son auto. Je pense que je serais jamais capable de faire ça. J'aime trop ça, les oiseaux. Sont chanceux, je trouve, de pouvoir voler juste en claquant des ailes.

Je sais plus trop si je suis encore croyante ou pas. Je l'étais avant, ça c'est sûr, mais là j'ai fini de lire la Bible, pis franchement, ça a pas d'allure. depuis le début. Des miracles bizarres, du monde qui a 400 ans, rien que des affaires de même. On dirait que celui qui a écrit ça prend trop le monde pour des caves.

Pis le curé, je sais pas… Y'a pas l'air si spécial que ça, me semble. Si c'était pas de sa robe pis de son espèce de foulard, il aurait l'air de n'importe qui.

Mais l'église, je continue d'aimer ça en maudit. Parce que je trouve ça calme. C'est comme si on se reposait par en dedans. J'écoute pas tellement ce que le curé lit, c'est trop ennuyant. En plus, il lit pas tout le temps super bien. Ça sort drôle, des fois, son affaire.

Avant, quand j'étais petite, je priais pour vrai. Je croyais tellement à Jésus, je me cachais les fesses sur le bol de toilette. Hihihihi ! Je voulais pas que Jésus qui voit tout parce qu'il est partout voit mes fesses. C'est gênant quand même. C'est gênant devant n'importe qui, mais devant Jésus, me semble que c'est pire.

Mais là, plus j'y pense, plus ça se peut pas. Jésus qui passerait son temps à regarder les fesses de tout le monde, ça a pas de sens. Y'en a ben trop, tout le monde en a au moins deux.

Pour vrai, j'aurais jamais pensé que la Bible c'était niaiseux de même. On dirait que je suis déçue.

Laval, 11 juillet 1982

Il m'arrive des drôles d'affaires, des fois.

Samedi passé, je suis allée avec Jessica me promener sur le boulevard Lévesque, pour ramasser des oiseaux morts. On fait ça depuis deux semaines. C'est une bonne idée je trouve, pour mon Club de Jeunes Naturalistes. On les décortique en morceaux, on essaie de trouver leur nom sur la page de photos, dans le dictionnaire, pis après on met tous les bouts dans des éprouvettes avec une étiquette. On garde tout ça chez nous parce que le père de Jessica, il veut rien savoir. C'est de valeur je trouve, ça serait mieux chez eux. Y'a moins d'enfants, on aurait plus la paix. Mais on peut pas, son père veut pas.

Mais c'est pas ça l'affaire bizarre que je voulais écrire. L'affaire bizarre, c'est que quand Jessica et moi on est parties, j'ai dit : « Ça serait l'fun de trouver de l'argent. Genre, un cinq ou un dix. » Dans ma tête, je pensais à un cinq ou dix piasses, mais je l'ai pas dit. J'ai juste dit cinq ou dix.

Ben tabarnouche, pas longtemps après, j'ai trouvé un cinq cennes. Je l'ai ramassé sans penser. Une minute après, pouf ! un dix cennes. « Hum… que j'ai dit. Tu trouves pas ça drôle, Jessica ? Je demande un cinq ou un dix pis je trouve cinq pis dix. Avoir su, j'aurais dit que je voulais trouver des piasses ! »

C'est là que ça devient trop pas normal. Cinq minutes après avoir dit ça à Jessica, j'ai trouvé un cinq piasses tout neuf, pas plié, accroché dans une branche pas de feuilles sur le boulevard Lévesque.

Cinq piasses. Tout neuf. Juste pour moi. On capotait, on a commencé à chercher le dix piasses partout. On l'a pas trouvé, mais on a trouvé un dix cennes Canadian Tire, qui ressemble à un dix piasses canadien tout court.

C'est bizarre, hein? En tout cas, ça m'a fait penser à ben des affaires. Peut-être que je suis une sorcière. Whouuuuuuuuu!

Laval, 20 août 1982

Ayoye! Ma sœur Nathalie est disparue. Partie, envolée, pu là pantoute. Elle était supposée laver la porte-patio pendant qu'on faisait l'épicerie avec mon père. Quand on est revenus, la porte était encore sale, la guenille était à terre pis y'avait pu rien de ma sœur nulle part.

Elle est partie avec son linge pis toute!

Ça veut dire qu'elle s'est sauvée, je pense. Elle a seize ans.

Ah ben. Pu de grande sœur. Ça fait bizarre pareil, quand j'y pense. Mon père, y'a l'air à s'en foutre pas mal, mais ma mère capote, elle appelle partout. Elle est super énervée, elle arrête pas de dire à tout le monde que ça a pas d'allure, que Nathalie a pas une cenne sur elle. Franchement, une cenne! On peut rien faire avec rien qu'une cenne. Mais ma mère est vraiment énervée, c'est pour ça.

C'est Chantal qui sera pas contente, c'est elle qui va laver les vitres asteure, j'imagine. En tout cas, ce sera pas moi, j'haïs ça, faire du ménage.

Laval, 22 août 1982

Toujours pas de nouvelles de ma sœur, mais ma mère a arrêté de la chercher. On fait comme si de rien n'était. On a pas tellement besoin de se forcer, ça change rien. Même que je suis contente quand j'y pense, ça veut dire qu'elle me rentrera pu ses maudits ongles dans la peau.

En plus, Nathalie, c'est juste une grosse menteuse. Y paraît qu'il y a même pas d'ours dans le bois, au lac Alouette. Elle me niaisait, la maudite vache.

Pis de toute façon, j'y parlais quasiment jamais, pas plus qu'au gros stéréo en bois, dans le salon. Une grande sœur en bois, tiens. C'était ça, Nathalie. Le bois est parti au vent. Hon.

Y'a deux frères qui habitent pas loin de chez nous. Ils sont quasiment tout le temps ensemble, on jurerait qu'ils s'aiment pour vrai. Je sais pas ce qu'ils mangent chez eux, mais c'est sûrement pas la même affaire que chez nous. À moins que ce soit parce que c'est des gars. Mais ça me surprendrait, le seul gars qu'il y a chez nous, c'est mon père, pis je l'haïs en maudit.

C'est trop plate, je vais appeler Jessica.

Laval, 12 septembre 1982

Ah! J'ai enfin trouvé comment faire pour que les deux vaches de l'école arrêtent de me baver. Depuis que je vais à cette maudite école-là, je me fais tout le temps écœurer, surtout dans l'autobus. Personne me laisse m'asseoir, le chauffeur me gueule dessus pour que je m'assoie, tout le monde me regarde. Ça me fait capoter.

Tout le monde rit à cause de comment je parle. Ils disent que je me prends pour une autre. Quelle autre? Je l'sais vraiment pas. C'est la même chose pour Julie, il paraît. Ma mère dit qu'on a pris l'accent des Français, au Collège. Mais si c'est ça, je peux rien faire, je m'entends pas.

Tout le monde est plus vieux que moi, aussi. Je devrais pas être au secondaire, je devrais être au primaire. Mais à cause de la maudite année que j'ai sautée, je suis le bébé de l'école. Je les déteste.

J'embarque dans l'autobus dans les derniers. Il reste plus beaucoup de places vides, et le seul qui me laisse tout le temps m'asseoir à côté de lui, il a les mêmes problèmes que moi. Il se fait tout le temps écœurer lui avec. Mais vu qu'il est dans les premiers à embarquer, il peut s'asseoir où il veut. Tout le temps en avant, en arrière du chauffeur. J'aime pas ça m'asseoir à côté de lui, je me fais encore plus niaiser. Ils disent que je suis sa blonde. Yark. On se parle pas, je sais même pas son nom. Pis je veux pas le savoir, il a les cheveux tout graisseux pis des boutons gros comme des dix cennes tout partout dans sa face laide. Faut pas se tenir avec ce monde-là, ça fait juste des problèmes.

Mais là, hier soir, j'ai été sauvée par la télé. Y'avait le film *Carrie* qui jouait. C'est un film super épeurant. Une fille qui est nouvelle qui se fait baver par toute son école. Un jour, une gang de vaches pitchent du sang de cochon sur elle. Elle capote ben raide, elle regarde tout le monde et ahhhh! le feu pogne partout, les portes se ferment, les meubles revolent et toute l'école panique. Elle, elle continue, la sorcière, elle veut se venger.

Ben ça se trouve que Carrie, je lui ressemble pas pire. On a les mêmes cheveux un peu frisés, un peu mêlés, le même genre de face pas trop grosse, et surtout, les deux, on se fait tout le temps niaiser.

Hahaha! Ce matin, dans l'autobus, j'ai foncé sur une place sans dire un mot. Je me suis assise. Une des deux vaches s'est virée de bord pour dire une saloperie. Je me suis tourné la tête d'un coup sec, comme Carrie, pis je l'ai regardée dans les yeux super intense, comme si je la voyais même pas. Elle s'est retournée, elle a pas dit un autre mot. J'espère que ça va durer. Elle a vu le film, elle avec, c'est sûr!

Laval, 18 septembre 1982

Il se passe pas grand-chose à part l'école pis les maudites chicanes de ma mère pis mon père. Je comprends tellement pas pourquoi ils se lâchent pas comme les autres, comme ma grand-mère, comme ma matante Georgette, comme tout le monde qui vit ensemble, maudit.

Avant-hier, Jessica a couché chez nous pis je voulais mourir de honte tellement j'étais gênée. D'habitude, quand y'a de la visite, ils se retiennent, mais là, y'ont dû oublier que Jessica était là parce que c'était le gros show, avec les meubles qui revolent pis toute. J'avais le goût de rentrer dans le plancher, mais je pouvais pas, les craques sont trop serrées.

J'y ai dit «je m'excuse», mais elle a dit que ça la dérangeait pas, que c'était drôle, même. Ses parents sont pareils, même pires. Des fois, son père bat sa mère, elle dit. Mais au moins, ils font pas ça devant la visite, je les ai jamais vus se chicaner devant moi. Ah! Je voudrais donc trop changer de parents, des fois.

Laval, 19 septembre 1982

Hahahaha! Ça a l'air que mon oncle Gino, le grand frère de mon père qu'on voit jamais parce qu'il reste à Vancouver, il s'appelle plus Gino pantoute. Eh non! Il s'appelle Gina!

C'était mon oncle, mais là, c'est rendu ma tante. Il paraît qu'il va venir nous visiter avec son chum bientôt. J'ai hâte de voir ça, un monsieur transformé en madame. Ça doit faire bizarre si elle parle avec une grosse voix. Bonjrhhhhour Jrhhhhheanne. Hahaha!

C'est rien que des fuckés, sur le bord à mon père. Sa mère, elle s'appelle rien pantoute, c'est juste une vieille guenille qui sent pas bon. On va faire un tour dans sa maison des fois, dans le Nord, mais c'est toujours plate, on haït toutes ça, mes sœurs avec. On n'a pas le droit de bouger, faut rester assises sur des sofas pleins de couvertes pis faire rien, en attendant le souper. Elle fait tout le temps du bouilli en plus. C'est pas mangeable, c'est bourré de navet.

Il paraît que ma « grand-maman » capote à cause de Gino-Gina. J'ai entendu ma mère qui parlait de ça avec ma matante Nicole, l'autre jour. Elle est pas contente, la vieille chienne. Tant mieux, c'est ben faite pour elle. Moi, en tout cas, j'ai trop hâte de voir à quoi ça ressemble, un oncle-tante.

Mon père a l'air content, pour une fois, d'avoir de la visite de sa famille. Y'a l'air content pour une fois TOUT COURT, maudit air bête qu'il est.

Il me fait tout le temps chier quand y'est là. On est ben mieux quand il sort le soir, au moins on a la paix. Même si c'est ma mère qui crie le plus fort des deux, ça crie pas mal moins quand y'est pas là.

Laval, 20 septembre 1982

J'te dis qu'on en apprend, des affaires, en dessous d'un sofa. L'autre soir, je me suis endormie là, mais vu que mon père est pas revenu coucher à la maison, le bruit m'a pas réveillée. Ça fait que j'ai passé toute la nuit là.

Ma mère, elle se lève de bonne heure. C'est de famille, tout le monde se lève de bonne heure chez eux. Elle prenait une tasse de thé sur le sofa avec Georgette. Le choc des grosses fesses de ma marraine sur les coussins m'a réveillée comme si y'avait eu un tremblement de terre. J'ai fait le saut, mais j'ai pas fait de bruit.

Ça a l'air que c'est plein de tapettes dans ma famille! Des deux bords, du bord de mon père pis de celui de ma mère aussi. Des tapettes, c'est des hommes aux hommes. Mon parrain y'en était un aussi. Pis mon oncle Alain. Pis mon oncle Jacques. Plein de tapettes! C'est drôle, je trouve. Ça paraît pas en tout cas, j'ai jamais vu mononcle Alain ou mon parrain habillé en rose ou en robe. Je les jamais entendus avec une voix pointue non plus.

Ils disaient des affaires sur mon grand-père aussi, mais j'ai pas trop compris. Matante, on dirait qu'elle fait exprès pour que les enfants comprennent pas quand elle parle. Je comprends pas ses histoires parce que je comprends pas ses mots. Elle parle de toutes sortes d'animaux en plus, c'est mêlant ses affaires.

J'espérais qu'elles parlent de moi. Mais elles ont rien dit sur moi.

Un moment donné, sont juste parties dans la cuisine, pour faire chauffer de l'eau. J'en ai profité pour me lever en faisant semblant que je sortais de ma chambre. Mais quand je suis arrivée dans la cuisine, elles ont arrêté de parler de mes oncles pour me dire salut. Après, elles ont continué à parler de plein d'autres affaires, je m'en souviens plus, mais c'était pas spécial comme avoir plein de tapettes dans la famille. Wow! J'ai hâte de conter ça à Jessica.

Laval, 22 septembre 1982

Laval, c'est pas si tripant que ça, finalement. C'est loin en maudit de chez mon grand-père, ça me prend deux heures pour y aller, deux heures pour revenir, pis depuis l'histoire de police au Palais du Livre, ma mère me laisse moins partir toute seule. J'ai douze ans, franchement!

Laval. Encore une idée de mon père. On déménage tout le temps, chaque année, chaque année, chaque année. Tout le temps.

Mais déménager, j'aime ça. C'est Laval que j'aime pas.

Les voisins sont bizarres tellement sont pareils. Même piscine, même *driveway*, même tites fleurs de chez Gouanobousquet (une affaire qui sonne de même mais qui s'écrit je sais pas comment). En tout cas, on dirait qu'ils vont toute la gang dans le même magasin pis dans le même salon de coiffure. On dirait une mini-planète de mini-bonshommes qui font leurs mini-affaires pis… Ben c'est toute. Ils font rien.

Dans la rue, c'est comique parce que vu que la chicane pogne jamais nulle part, ma mère pis mon père sont comme gênés d'être les seuls à se crier après. Nous autres, ça nous fait rire vu qu'on voit ben quand le signal est déclenché. Mais ils font rien. Ma mère se met à fumer plus vite, mon père se mord sa grosse langue pliée comme une tranche de pain. Y'a juste le milieu mordu qui ressort.

Mais au moins, il crie pas quand y'a la yeule pleine de même.

Laval, 26 septembre 1982

Je suis supposée aller avec ma marraine à Saint-Sauveur, mais ça me tente pas pantoute. La Éléonore est ben trop morveuse, est cent fois pire que ma sœur, je suis pu capable de la sentir. Une fin de semaine de quatre jours en plus, c'est ben trop long, elle a le temps de me faire chier deux mille fois au moins.

Elle me fait rire, des fois, mais c'est pas parce qu'elle essaie de faire sa drôle. C'est juste qu'elle se prend tellement pour une autre, on dirait qu'elle joue dans une pièce de théâtre pis qu'elle a le premier rôle, le rôle de la grosse conne. Elle est pas grosse, mais maudit qu'est conne.

La dernière fois, je pense qu'elle se prenait pour une reine, en tout cas moi, fallait que je sois sa servante. Mais je voulais pas. Avant, j'avais peur d'elle, mais pu asteure. Asteure, elle me fait rire aussi. Je veux dire qu'elle fait pas juste me taper sur les nerfs. Elle est pas juste une affaire, la Éléonore, elle est un paquet : énervante, capricieuse, peureuse, hypocrite et méchante. Elle a des qualités aussi, j'imagine, mais je vois vraiment pas c'est quoi.

En tout cas, j'ai pas le goût d'aller là, j'espère que je vais pas être obligée. J'aime encore mieux être pognée avec mon père qu'avec cette mongole-là.

Mon père, je sais même pas ce qu'il fait dans la vie. Il travaille. Ça veut rien dire, ça. Si tu travailles, ça veut dire que tu travailles à quelque part, dans quelque chose, je sais pas. Non ? Lui, il dit juste : « Je travaille ». Crétin.

J'vais appeler Jessica. J'ai le goût d'aller me promener.

Laval, 2 octobre 1982

Oh, mon Dieu ! La voisine à trois maisons de chez nous, elle s'est fait tuer hier, pendant la nuit. Je la connaissais pas tellement, elle avait pas l'air d'avoir des enfants. Mais elle était souvent dehors. Il paraît que c'est son mari qui l'a tuée, en tout cas c'est ça que tout le monde dit dans le quartier.

Je trouve ça plate pour la madame, mais je suis contente que ce soit pas ma mère. Là, vu que c'est arrivé à trois maisons de chez nous, ça veut dire que ça arrivera pas ici. Ça serait ben trop pour un petit quartier de même.

J'aime pas ça, l'idée qu'on peut mourir un moment donné, sans que ce soit de notre faute. Une maladie, c'est de ta faute, un accident avec, mais quand quelqu'un te tue, c'est de sa faute à lui. C'est pas juste. C'est la faute à Numéro deux, mais c'est Numéro un qui meurt.

Ou d'autres fois, comme avec mon mononcle Maurice, y'a plein de fautes, ça fait que tu finis par pu savoir c'est de la faute à qui. Mon mononcle Maurice, je le connais pas pantoute. Des fois on va le visiter avec ma mère, dans son hôpital de fous.

Il parle un peu, mais on comprend pas plus que quand c'est un chat qui miaule. Il sourit, il bave, c'est un peu dégueu. Ma mère, elle lui apporte tout le temps du chocolat pis d'autres cochonneries, y'a l'air content. Mais quand il se met à baver du chocolat, c'est moins l'fun. Ma mère, ça a pas l'air à y déranger une tite miette. Elle l'essuie comme si c'était un bébé de quatre ans. Je sais pas quel âge il est rendu. Mais c'est un vieux, c'est sûr.

Maurice, c'était le frère de ma grand-mère quand elle était petite. Y'est tellement grand, il rentre pas nulle part sans se plier en deux. Ma marraine contait son histoire, une fois.

J'ai tout écouté. Elle disait qu'il s'est battu avec un autre gars, en sortant d'une taverne. Un seul coup de poing sur la yeule, il paraît, pis l'autre est allé revoler à terre, la tête sur la chaîne de trottoir. Paf! Crack! Mort. Il a tué le gars, mais ma marraine dit que c'était la faute du mort, pas la faute de Maurice.

En tout cas, mon mononcle Maurice s'est fait arrêter, pis il s'est fait battre par la police. Ça a l'air que la police l'haïssait parce qu'il faisait tout le temps du trouble. Mais ils l'ont trop battu sur la tête, il est devenu comme un grand paquet mou avec un petit moteur qui le fait balancer pis baver, mais c'est toute. Il réfléchit pu. Elle a l'air plate sa vie.

Pourquoi je parle de mononcle Maurice, coudonc? Je parle jamais de lui, je pense jamais à lui. On va le voir comme on va au zoo, pas souvent. Ça doit être la voisine morte avec ma mère vivante qui me font penser à lui, vu qu'il est juste entre les deux. Il est pas mort, je veux dire, mais il est pas tellement vivant non plus.

Laval, 20 octobre 1982

Tu devineras jamais qui on a vu par hasard au centre d'achat! Ma sœur Nathalie!

Elle se promenait avec son chum, on l'a vue avant qu'elle nous voie. Elle avait pas l'air trop folle de joie de voir mon père pis ma mère. Moi, j'étais contente, dans un sens. Au moins, si elle se promenait pis toute, ça veut dire qu'elle était pas morte, comme j'avais pensé un moment donné.

Elle a parlé deux ou trois minutes avec ma mère. Moi, j'étais super surprise de voir ma mère calme comme devant une annonce de Sunlight. On aurait dit que depuis le temps, ça y faisait pu rien pantoute. Mais c'est pas ça, ma mère m'a dit après qu'elle l'avait trouvée après trois jours mais qu'elle avait aimé mieux rien dire, pour pas faire plus de chicane.

J'haïs ça quand ma mère fait ça. Elle pis ses maudites cachotteries, des fois… J'aimais pas vraiment ça, t'sais, penser que ma sœur était morte tuée par un fou maniaque. Même si j'y pensais pas tout le temps, j'y pensais des fois pis je me sentais pas tellement bien. Quand est-ce que ma mère va voir que je suis plus un maudit bébé? Quand est-ce que ma mère va arrêter d'être une maudite menteuse? Quand est-ce que, que, que? J'ai le goût d'écrire une chanson. Ça s'appellerait *Quand est-ce?*

Laval, 10 novembre 1982

J'te dis que moi pis mes deux sœurs, on est les vraies vedettes du quartier depuis que mon oncle-tante est arrivé dans sa grosse auto blanche. C'est pas une Cadillac, c'est un Buick, mais ça fait quand même buzzer tout le monde. Y'ont jamais vu ça dans le coin, c'est certain.

Julie est conne. Elle dit que c'est gênant d'avoir de la famille de même. Moi je trouve pas. J'aimerais mieux avoir cent mononcles-tantes qu'un seul mon père.

Est super fine, Gina. Pis Raymond aussi, sa sorte de mari. Gina, elle a l'air d'une barbie géante, c'est comique. Elle est super grande, elle a des grands cheveux raides blond platine, du rouge à lèvres pétant, une robe rose full dentelle pis des ongles longs comme une autre paire de doigts. Wow ! Toute une matante.

Elle a pas une voix si wrhawrhawrha que ça, finalement. Juste un peu comme un gars, mais pas pire que matante Nicole qui, elle, est une vraie matante. Ben, Gina aussi, asteure, dans un sens.

Gina pis Raymond sont comme une gang de bizarroïdes, même s'ils sont juste deux.

Ma mère pis Gina y'ont l'air de s'entendre bien. Ça ricane tout le temps, on dirait deux petites filles à l'école. C'est plate par exemple, ils repartent demain matin. Ils s'en vont dans le Nord visiter la vieille folle. Y'ont pas le choix, c'est sa mère.

Au moins, on est pas pognés pour y aller nous autres aussi. J'aimerais mieux aller faire un tour chez mon autre grand-mère, ma seule vraie grand-mère je devrais dire. Y'a juste ma mèmèye Rosanna que j'aime. L'autre, je l'haïs. Je vais aller demander à ma mère.

ONZIÈME TABLEAU

Élizabeth

Un an plus tard...

Laval, novembre 1983

Élizabeth Fournier, inconfortablement assise sur une chaise de bois, feuilletait distraitement les petites annonces du journal de quartier en sirotant un café. Elle venait d'achever un mot croisé et un poste de radio lui tenait compagnie.

Chaque matin, après le départ des filles pour l'école, Élizabeth, seule dans sa grande maison, s'accordait une heure, la seule, à ne rien faire sinon fumer une cigarette derrière l'autre. Ensuite seulement, elle attaquait la journée, et alors tout y passait, ménage, courses, travail, cuisine. Depuis que les Fournier ne gardaient plus d'enfants placés, Élizabeth était devenue représentante de produits Avon. Un revenu supplémentaire qu'elle cachait à son mari et mettait de côté.

Dix-huit ans déjà que le couple était marié. La moitié de la vie d'Élizabeth. Quel gâchis, songeait-elle souvent. Elle aurait dû s'inscrire au bien-être social et élever ses enfants toute seule. Même pauvre, même dans une misère crasse, elle aurait été plus heureuse, elle en était certaine. « Y'est pas fin, c'est un hypocrite », s'était-elle souvent plainte à sa mère

JEANNE CHEZ LES AUTRES

quand cette dernière avait insisté pour que sa fille se marie. « Tu devrais le voir avec moi, quand y'a personne autour... Y'est jamais fin de même. »

Sa mère lui avait servi une de ses phrases creuses préférées de l'époque : « Tu sauras, ma fille, que dans la vie, l'important, c'est pas ce que tu veux. Compte-toi ben chanceuse de pas crever de faim avec une bâtarde sur les bras. »

De temps en temps, Élizabeth repensait à Henri Lafleur. Il aurait autour de soixante-deux ans aujourd'hui, s'il n'était pas mort. Un cancer l'avait emporté quelques années auparavant, elle l'avait appris par un entrefilet que son frère Alain lui avait montré. Malgré les années passées sans le revoir, l'annonce de sa mort lui avait causé un choc. La rupture finale.

Personne n'avait compris à quel point elle avait aimé cet homme, à quel point elle s'était sentie heureuse de porter son enfant. Dès que le nom d'Henri était prononcé, on parlait tout de suite de vieux cochon, de vieux crotté, de vieux-tout-court. Mais Élizabeth en avait un autre souvenir, celui d'un homme très doux, immensément tendre et dont elle avait regretté longtemps de ne pas partager la vie.

Elle ferma les yeux brusquement, en reculant la tête d'un coup sec, comme chaque fois qu'elle se remémorait l'instant où son frère Alain lui avait appris qu'Henri était déménagé. Elle avait d'abord refusé d'y croire, puis, devant l'évidence, elle s'était effondrée. De toute sa vie, Élizabeth ne se rappelait avoir autant souffert que durant les mois de sa première grossesse. « Il va revenir, s'était-elle répété sans cesse. Il a éloigné sa femme et il va revenir. » Mais son Henri n'était jamais revenu, n'avait même jamais envoyé aucune nouvelle. Elle avait accouché seule, méprisée par les infirmières puis par les voisines, pour finir engrossée l'année suivante par René Fournier.

Une pensée en entraînant une autre, Élizabeth se concentra contre son mari. Cette idée de quitter le Plateau Mont-Royal pour aller s'enterrer au fond des champs, soi-disant pour le bien-être des filles ! Laval, Seigneur ! Son mari avait-il vraiment cru qu'une Hamelin pouvait être aussi dupe ? « C'est drôle pareil, tu trouves pas ? lui avait-elle lancé au bout d'un mois de banlieue. Les *shylocks*, on leur voit pu la face ! »

Dans la section À louer, un texte se détachait des autres, décrivant une petite maison en caractères gras. Élizabeth chassa ses pensées d'un geste, alluma une énième cigarette et commença à rêver.

La mère épuisée et l'épouse écœurée ne se délectait pas tant d'un autre logis que d'une autre vie, s'imaginant quitter son mari comme Nathalie, son aînée, avait quitté la maison deux ans plus tôt. Sans prévenir. Elle songea, toujours à l'instar de sa fille, que puisque ce ne saurait être pire, ce serait forcément mieux.

La sonnerie du téléphone tira Élizabeth de sa rêverie. Pourvu que ce soit Julien, espéra-t-elle. Elle laissa sonner trois coups avant de répondre.

C'était lui.

Le visage d'Élizabeth se transforma, passa de rêveur à rayonnant. Ils discutèrent quelques minutes et prirent rendez-vous pour le jeudi suivant, trois jours plus tard. Ensuite, Élizabeth enfila ses bottes et son manteau et sortit aussitôt satisfaire l'envie irrésistible d'une longue marche.

Elle affronta bravement le dédale de petites rues menant en dehors de son quartier, fouettée par un vent glacial, mais insensible à sa morsure. Le cerveau lui bouillonnait, elle n'arrivait pas à se concentrer sur une idée. Tour à tour défilaient dans sa tête Julien, René, ses quatre filles, et, entre chacune de ces images, la petite maison en gras dans le journal, annoncée à son intention, elle en était certaine. Dominant le tourbillon de ces images, le visage sévère et menaçant de Rosanna. Mais Élizabeth le chassait mécaniquement d'un revers de la main. « Ma mère a fini de mener ma vie, pensait-elle. Je l'ai enduré vingt ans, son Fournier. »

Élizabeth marchait de plus en plus vite. Ses idées, cahotées par son pas, finirent par se ranger, et c'est le souffle court mais la tête bien claire qu'elle vira les talons et rentra chez elle.

Élizabeth se déchaussa mais n'ôta pas son manteau. Elle s'alluma une cigarette, se précipita sur l'annonce restée sur la table, et, du même élan, téléphona à son auteur.

Deux minutes plus tard, effrayée par sa subite audace, Élizabeth secouait la tête d'incrédulité, se rechaussait et repartait à l'assaut du froid. Elle s'engouffra cette fois dans sa petite Renault 12 et fila vivement vers le boulevard Lévesque.

Elle poussa le volume de la radio au maximum, pour ne plus s'entendre penser et se mit à chanter à s'en époumoner. Diane Dufresne chantait : « Aujourd'hui, j'ai rencontré l'homme de ma vie ». C'était un signe.

Lorsqu'Élizabeth rentra chez elle, les filles étaient revenues de l'école. Jeanne et Julie étaient dans leur chambre, Chantal se trouvait peut-être au sous-sol ; elle n'y porta pas attention. Comme un robot, elle confectionna un macaroni au fromage, sans l'assaisonner – par miracle – à la cendre de sa cigarette.

Élizabeth dissimulait mal sa nervosité. Ses gestes étaient saccadés, sa voix fébrile. Vingt fois elle entreprit de téléphoner à Julien, vingt fois elle y renonça.

René arriva une demi-heure plus tard. Morose comme à son habitude, Fournier ne salua personne et se dirigea directement vers la cuisinière qu'il ouvrit brusquement.

— Bon. Encore du macaroni chessé, dit-il. Faut que tu mettes du beurre, crisse.

— Les filles ! Le souper chessé est prêt, lança Élizabeth à la volée.

Le lendemain, Élizabeth fonça dans sa voiture quelques minutes après le départ de ses filles pour l'école. Elle dut s'exhorter au calme avant de tourner la clé, tenant fermement le volant en comptant lentement jusqu'à dix. Deux fois, trois fois. Enfin, elle alluma une cigarette et démarra.

Arrivée à Saint-Vincent-de-Paul, Élizabeth stationna devant l'église et demeura un long moment assise, le moteur éteint. Le silence subit de la radio la bousculait et mille pensées se précipitèrent, en désordre. Elle ferma les yeux et pria saint Jude de la seconder. Enfin, elle sortit et se dirigea vers l'église. Par respect, elle écrasa sa cigarette au bas des escaliers de pierre. Elle monta lentement, la tête et le corps un peu penchés, les yeux fixés sur les marches. Sa posture était humble tant par habitude que par conviction. Devant la lourde porte, elle se signa machinalement, ploya légèrement les genoux, puis entra.

L'odeur tenace de l'encens l'écœura dès qu'elle se trouva à l'intérieur, ce qui lui sembla de bon augure. Chaque sacrifice comptait. Élizabeth décida qu'un doigt d'eau bénite ne saurait suffire et plongea toute la main dans le bénitier. Sur son front, elle fit de ses doigts mouillés autant de signes de croix qu'il en fallut pour les faire sécher.

Élizabeth se dirigea ensuite vers la gauche de la nef, sortit cinq dollars de sa poche et les fit claquer entre ses doigts avant de les plier soigneusement. Elle glissa ensuite le billet dans une fente, choisit le cierge qui se consumerait pour son salut et s'agenouilla devant, un long moment.

Élizabeth rentra ce soir-là vers vingt-deux heures. La maison semblait sommeiller, mais la femme de René Fournier était trop accoutumée à la scène qui l'attendait pour se fier à cette impression. Elle claqua exprès la portière de sa Renault 12.

René se berçait dans le salon. Toutes les lumières étaient éteintes. Seul le faisceau d'un mégot, qui se balançait d'un mouvement régulier, témoignait de sa présence.

Jeanne avait entendu le moteur de la voiture et s'était faufilée sans bruit dans le corridor. Elle se cacha sous la table du téléphone, d'où elle avait une vue d'ensemble sur le salon, sur une partie de la cuisine et sur l'entrée. Un soir, son père s'était caché dans le garde-manger. Depuis, Jeanne l'épiait jusqu'à ce qu'il s'immobilise, pour avertir sa mère de sa cachette.

Élizabeth entra. Elle retira ses bottes et son manteau et voulut se diriger vers la cuisine, mais son mari l'arrêta. Jeanne tressaillit : elle avait failli dans son attention. Perdue dans la contemplation de sa mère, elle n'avait pas entendu son père s'approcher.

— Ousse t'étais ? demanda René sans la regarder.

— Tasse-toé, rétorqua Élizabeth. Laisse-moé passer.

René prit alors sa femme par le bras et la força à passer au salon.

— J't'ai posé une question, pis ciboire ! tu vas y répondre. Oussé que t'étais ?

Élizabeth fit mine de passer tout droit. René la rattrapa par le poignet et la tira si fort qu'Élizabeth, surprise, alla s'affaisser sur l'étagère couverte de plantes, laquelle se renversa dans un fracas de métal et de pots renversés.

Jeanne bondit instantanément et se précipita sur sa mère pour l'aider à se relever. Fournier vira les talons.

— Ton père, c't'un ostie d'chien sale, dit Élizabeth à sa fille.

Jeanne ne parlait pas. Elle pleurait.

— C't'un ostie d'pourri d'crotté d'chien sale, reprit sa mère. Me pousser ! Ah ! le tabarnac !

— Tu dis tout l'temps ça, finit par répondre Jeanne. Tu dis tout l'temps ça, pis on reste avec pareil.

— Attends, Jeanne, attends. Tu vas voir c'que tu vas voir.

DOUZIÈME TABLEAU

René

Laval, novembre 1983

Quelques jours plus tard…

René Fournier patientait à un feu rouge en frisant les pointes de sa moustache, le corps tordu et étiré pour se voir dans le rétroviseur. La position était peu confortable, mais il y était si habitué que sa seule préoccupation fut de ne pas s'appuyer sur le siège du passager, occupé par un sac de papier brun contenant deux *smoked meat*, deux frites et deux gros *pickles*. Un des *snacks* préférés d'Élizabeth.

Depuis quelques jours, sa femme lui paraissait changée et René s'en méfiait instinctivement, percevant sans l'identifier une quelconque menace dans ses silences et son semblant d'indifférence. Ce n'était pas Élizabeth, cette femme qui chantonnait en cuisinant, de marbre devant le compte d'électricité reçu la veille, cette épouse souriante enfin, que toute hargne semblait avoir mystérieusement abandonnée. On aurait dit une Élizabeth de dix-sept ans et René Fournier n'y croyait pas un instant.

En stationnant dans son allée, il fut surpris par l'obscurité. En décembre, le soir tombe bien avant dix-huit heures, mais habituellement, la maison irradiait de chaque fenêtre. Mû par un non moins sombre pressentiment, René, le sac brun dans une main, marcha de plus en plus vite jusqu'à la porte de côté, qui donnait sur la cuisine. L'entrée était verrouillée. Il dut fouiller un moment dans ses poches à la recherche de son trousseau de clefs. Dans son énervement, il oublia ce qu'il cherchait et sortit sa carte d'employé, son portefeuille et ses timbres pour un café gratuit, obsédé par le pressentiment d'une catastrophe.

Enfin, Fournier put pénétrer à l'intérieur et se désoler. Il fit le tour de chacune des dix pièces, descendit, remonta, revint sur ses pas, se frotta le crâne, les yeux, le menton, tira tant qu'il put sur sa moustache. Rien n'y fit, aucun meuble ne réapparut lorsqu'il rouvrit les yeux, sinon son La-Z-Boy au milieu du salon, avec un disque de Sweet People et la photo officielle de son mariage. Autrement, la maison était tout à fait vide.

Interdit d'abord, René Fournier céda rapidement à la rage. Incapable de hurler comme il en aurait eu envie, il envoya valser la viande fumée sur le mur du salon. C'est donc muet de stupeur qu'il se précipita à la salle de bains, pressé par un besoin si urgent qu'il urina d'abord sur l'alliance de sa femme. Il la repêcha ensuite du fond du bol de toilette et grimaça à cause de la froideur de l'eau.

Cinq jours plus tard...

Élizabeth et ses deux plus jeunes filles se trouvaient dans le salon de leur nouvelle maison, déplaçant pour une troisième fois le grand divan qui jurait dans l'espace restreint. Soudainement, le bruit d'une portière les fit toutes se regarder. Quelques secondes plus tard, René Fournier se tenait sur la galerie, devant la porte d'entrée.

Julie se mit à trembler, Jeanne figea, mais barrer la porte fut pour Élizabeth le réflexe d'un instant. Elle s'en félicita bruyamment lorsqu'elle entendit la poignée bouger :

— Tu rentreras pas chez nous, l'crotté ! lança-t-elle à son mari, à travers la cloison qui les séparait.

Julie se glissa entre le rideau et la fenêtre du salon pour tenter de voir son père. En l'apercevant, René s'approcha pour lui crier :

— Ouvre-moé la porte, Julie ! Je resterai pas, j'veux juste mon linge pis mes affaires...

Julie s'écarta de la fenêtre et regarda timidement sa mère, mais Élizabeth trancha :

— Penses-y même pas ! dit-elle à sa fille avant que cette dernière ne lui demande quoi que ce soit. C'te chien-là rentre pas icitte. Pis tes osties d'affaires pourries, j'les ai toutes câlissées aux vidanges, ajouta-t-elle en hurlant à travers la porte.

Julie se permit d'insister :

— On peut quand même y donner des affaires. Ça change quoi que...

— Hey, tabarnac ! l'interrompit Élizabeth. Veux-tu y aller, toé avec, rester avec c'te rat-là pis ses osties d'affaires ?

Julie voulut répliquer, mais René frappait la vitre et la jeune fille se remit à trembler violemment. Élizabeth se détourna.

Cependant, René Fournier s'impatientait. Il retourna vers sa voiture, y prit une bêche sur la banquette arrière et se glissa derrière la haie pour pouvoir contourner la maison. Élizabeth, qui le surveillait, le perdit alors de vue.

— Jeanne ! ordonna-t-elle. Descends en bas, checke les fenêtres. Dépêche-toé... Julie ! Arrête de shaker d'même. Assis-toé. Toute va ben aller, toute va ben aller...

Élizabeth, en parlant, parcourait chacune des pièces, tirait les rideaux, s'assurait que chaque issue était condamnée, puis elle revint se poster derrière le rideau du salon. Elle en tira un coin pour voir à l'extérieur et retint mal un cri de surprise en croisant le regard de son mari, qui se tenait si près que la vitre lui déformait le bout du nez, lui prêtant un air monstrueux. René de même fut si saisi de l'apparition d'Élizabeth qu'il recula d'un bond et leva sa bêche à bout de bras, menaçant du geste de défoncer la fenêtre si elle ne lui ouvrait pas la porte immédiatement.

— Chu calme! Laisse-moé rentrer, beugla-t-il en brandissant son outil de jardin. Attends pas que j'pogne les nerfs, tabarnac!

— Jeanne! cria Élizabeth. Appelle la police!

Jeanne composa le 911.

— Y'a un fou dehors. Il veut défoncer notre vitre avec une pelle, bégaya-t-elle au téléphone.

— Le connaissez-vous? demanda la répartitrice.

Jeanne hésita. Elle ne voulait pas dire qu'il s'agissait de son père. C'était trop banal, songeait-elle, les policiers ne viendraient jamais pour si peu.

— Nonnn… Je sais pas c'est qui, répondit-elle, avant de se mettre à hurler.

Son père venait de frapper un coup sur la porte.

— Êtes-vous toujours en ligne?

— Arrêtez de me parler! Pourquoi vous venez pas tout de suite? Il veut nous tuer, il va nous tuer c'est sûr.

— Les policiers sont en route, ils seront là dans un instant. Vous êtes certaine que vous ne le connaissez pas?

— Je… euh… C'est mon père! aboya Jeanne avant de raccrocher d'un coup sec.

À la grande surprise de Chantal et de Julie, des sirènes se firent entendre alors que Jeanne avait encore la main sur le combiné. Le reste se passa très rapidement. De trois voitures sortirent six agents, donc quatre encerclèrent René Fournier. Ce dernier abaissa sa pelle aussitôt. Deux autres agents se présentèrent à la porte. Élizabeth leur ouvrit.

— Si vous souhaitez porter plainte, Madame...

— Y'a pas de si, c'est sûr que j'porte plainte, affirma Élizabeth en interrompant l'agent.

Fournier fut questionné puis sommé de quitter les lieux, ce qu'il fit d'assez bonne grâce.

Les filles étaient sous le choc. Julie pleurait sur le sofa, Chantal s'était enfermée dans sa chambre et Jeanne semblait de marbre, le visage appuyé contre la vitre du salon.

— Bon, les filles! On finira le salon un autre jour, dit Élizabeth. Y commence à être tard, pis il faut que je prépare toute notre linge pour le mariage, demain.

TREIZIÈME TABLEAU

Le mariage

Montréal, 19 novembre 1983

— Vous pouvez embrasser la mariée ! dit le curé.

Serge Hamelin empoigna sa nouvelle épouse par l'arrière de son voile, la bascula sommairement et se pencha pour l'embrasser. Il y mit tant de ferveur que l'assemblée, une cinquantaine de personnes, se mit à rire et à siffler. Enfin, l'église retentit d'une salve d'applaudissements et de hurlements tels que le prêtre tenta de les réfréner en imposant les mains sur les nouveaux mariés. En vain. Même qu'à force d'insistance, sa soutane virevolta et finit par avoir, à l'insu du curé, l'air de s'amuser.

Serge Hamelin, sans cesser de l'embrasser goulûment, souleva sa Lucienne et l'emporta à l'extérieur, sous les cris des deux familles excitées sans mesure. On se serait cru au spectacle, un vaudeville des cavernes.

Dehors, le soleil aveuglant et la vue des escaliers glacés stoppèrent net l'élan du nouveau marié, qui déposa sa femme avec une élégance inattendue. Serge Hamelin s'agenouilla dos à la lumière, face à sa dulcinée, et sortit de la poche de son veston un joint gros comme un havane, qu'il alluma et lui passa galamment en lui embrassant le poignet au passage.

Les confettis alors fusèrent, les enfants crièrent « Vive les mariés ! », les adultes sifflèrent et le cortège nuptial se dirigea vers la file de voitures stationnées devant l'église.

Serge et Lucienne s'engouffrèrent dans une limousine blanche et fumèrent tranquillement leur joint pendant que le reste des invités s'installait derrière de plus modestes volants. Jean-Francis, leur fils de quatre ans, les accompagnait.

On klaxonna puissamment ce jour-là, sur le boulevard Saint-Joseph. Les familles rivalisaient d'enthousiasme, en route vers une salle de banquet où l'alcool promettait de couler à volonté. Serge jurait avoir « mis le paquet ».

Serge, le cadet des Hamelin, était considéré comme le bum « tranquille » de la famille. Il n'était pas violent. Dans le temps, il avait frayé avec ses cousins ; des petits riens, du « transport » surtout, mais la mort de Jean-Claude et de Steve l'avait si rudement secoué qu'il avait décidé de se ranger dans la vente au détail. Moins payant que les vols, mais moins risqué ; ça comptait.

À vingt-huit ans, Serge avait toujours sa vieille allure de rocker adolescent. Pour son mariage, il portait son plus beau blouson de cuir. En tout cas son plus propre.

— Crisse! répondait-il à ceux qui s'étonnaient. Faudrait pas que ma Lucienne pense qu'elle marie un ti-pingouin. Les tuxedos, c'est bon pour les fifs, ça!

Serge avait connu Lucienne Charbonneau lorsqu'il avait seize ans. Elle en avait alors dix-neuf et travaillait comme caissière à la cantine d'un centre de réforme. Serge passait y faire un tour de temps en temps, quand la chance l'abandonnait et que l'heure des comptes sonnait. Lucienne s'en était amourachée parce que le petit bum la faisait rire et qu'elle le trouvait mignon. Serge s'en était d'abord étonné, mais avait cédé sans hésiter à la chaleur de cette première femme dans sa vie. Il n'en voulut d'ailleurs jamais d'autre. Jean-Francis naquit huit ans après cette rencontre et s'installa au sein du couple sans que rien ne parût ni ne changeât.

Se marier après douze ans de vie commune relevait du carnaval plus que du sacré. Le jeune Hamelin, devenu prospère au fil du temps, voulait en mettre plein les yeux tant à ses frères qu'à ses parents, un peu pour les rendre envieux, beaucoup pour les surprendre, mais surtout pour leur faire ravaler leur mépris. «Le pharmacien y vend des pulules, se plaisait-il à répéter. Moé, j'vends des bites de hasch. Y'est pas mieux que moé à cause qu'il vend sa dope dans des ti-pots avec une jaquette de tapette su'l dos, ciboire!»

Son alliance fut son premier bijou.

Lucienne et Serge partageaient tout. Tellement qu'ils avaient fini par se ressembler physiquement. On appelait Lucienne «la lionne», à cause de sa crinière jamais peignée, mais on l'aimait bien, entre autres pour son aimable sincérité. C'est moins répandu qu'on ne le croirait.

— A' s'prend pas pour une autre, elle, au moins, disait Rosanna.

On ne savait pas trop à qui elle la comparait, mais Rosanna semblait réellement aimer sa belle-fille.

On ne voyait jamais ni Lucienne ni Serge l'un sans l'autre. Si une envie de piment les prenait à l'occasion, l'amant ou la maîtresse de passage se joignait au couple sans façon. Le ménage aimait bien se vanter de ses écarts, tant par esprit de provocation que pour faire rire.

— Manger des mets chinois toute sa vie ? Câlisse ! Tu dois-tu en chier, des egg rolls ? disait Lucienne.

— Vive les buffets, stie ! renchérissait Serge. Moé pis ma Lucienne, on l'a, l'affaire !

En pénétrant dans la salle de réception, les enfants coururent directement vers une table supportant un amoncellement de friandises, de croustilles et de cœurs en chocolat. Les adultes, quant à eux, foncèrent sur le bar commander un double, qui de rhum, qui de gin, qui de vodka. C'était gratuit, on en profitait. Seuls les amateurs de bière, peu nombreux cet après-midi-là, en commandaient une à la fois. Au bout d'un quart d'heure de « mise en train », la noce put enfin s'agiter.

— Hey ! Jeanne ! Faut que tu goûtes à ça...

Jeanne et Martine ne s'étaient pas revues depuis des années et ne s'éloignaient pas d'une ombre. Les deux cousines auraient quatorze ans sous peu, mais Martine paraissait beaucoup plus âgée.

— Coudonc, c'tu encore ta mère qui t'habille ? demanda-t-elle à Jeanne.

En moins d'une heure, les deux cousines avaient si bien célébré qu'elles avaient peine à marcher droit. Jeanne et Martine goûtaient à tout – vodka, gin, rhum, vin et bière – et se retenaient l'une à l'autre pour ne pas chavirer. Elles crevaient de rire, le corps plié en deux et agité de soubre-sauts, pour rien le plus souvent : Rosanna étendue sur la piste de danse et pleurant dans l'indifférence générale, la bagarre entre un cousin de la dulcinée et Alain, sans doute pour une histoire de verre, Georgette qui s'affolait en se trémoussant devant son jeune amant, etc. Dans les rares moments d'accal-mie, les jeunes filles scénarisaient : les filles de Georgette ne tarderaient pas à finir toutes nues au milieu du plancher de danse, avec deux abat-jour aux poignets et des talons trop hauts ; Raoul grimperait sur une table et se mettrait à chanter

La dame en bleu en se prenant pour Michel Louvain. Et elles riaient de plus belle.

C'est en relevant sa mère sur le plancher de danse qu'Élizabeth remarqua l'hilarité bruyante de Jeanne, qu'elle avait perdue de vue au cours de l'après-midi. Elle éloigna sa mère des danseurs, l'assit de force sur une chaise, se rendit ensuite auprès du père de Martine à qui elle glissa un mot, et fonça vers sa fille d'un pas décidé. L'autorité d'Élizabeth s'était manifestée puis développée récemment, depuis une petite semaine en fait. La séparation n'avait pas que de bons côtés.

Élizabeth s'approchait et avait mauvais air. Les deux cousines éméchées éclatèrent, le corps tremblant, ne sachant même plus de quoi elles riaient tant. Élizabeth ne posa aucune question. En silence, elle gifla Jeanne, lui serra fermement le bras et la traîna jusqu'à Rosanna. La grand-mère de Jeanne ne réagit pas ; elle ouvrit simplement les yeux et la bouche une seconde, puis referma le tout et replongea dans sa léthargie. Élizabeth s'éloigna un instant et revint avec deux 7 Up glacés. De son côté, Martine subit à peu près le même traitement, mais infligé par son père.

— Tu restes à côté de ta grand-mère pis tu bouges pas, m'as-tu ben compris ? dit Élizabeth à Jeanne en lui soulevant le menton pour la forcer à la regarder.

Jeanne, hébétée, fit oui de la tête et replongea le nez dans son verre.

— Franchement ! reprit Élizabeth. T'as pas honte ? C'est beau, ça, encore, une p'tite ivrognesse de treize ans ! Enweye, lève-toé la tête, crisse !

Sidérée, Jeanne considéra sa mère, l'air abruti. Elle se retourna ensuite vers sa grand-mère, et, une fois les yeux en face des orbites, s'approcha pour voir Rosanna de plus près. Le rire la prit d'abord dans les épaules, descendit dans son ventre puis la secoua tout entière. Aucune gifle au monde n'aurait pu l'arrêter.

Le Journal de Jeanne

C'était ma fête hier, j'ai eu quatorze ans. C'était moins plate que d'habitude. Ma mère m'a fait cuire un poulet pis elle m'a acheté une espèce de gâteau à je sais pas quoi. Y'était pas pire, le gâteau.

C'est l'fun en maudit de plus avoir de père. Ça gueule moins, c'est quasiment calme. Juste quand ma mère crie après nous autres que ça fait du bruit, mais devant son Julien, elle se retient, c'est pas si pire que ça.

Je pense que Chantal va s'en aller vivre ailleurs. Ma mère pis elle s'entendent pas pantoute, se sont jamais ben ben entendues non plus. J'sais pas pourquoi. Ma mère dit toujours que Chantal, c'est la fille de mon père. C'est sa fille à elle aussi, me semble, elle est sortie de son ventre. En tout cas, ça me ferait de la peine qu'elle s'en aille, mais c'est la vie, ça a ben l'air que tout le monde s'en va, un moment donné.

Mon mononcle Alain est souvent ici. Ma mère lui a fait une chambre dans le sous-sol, c'est cool. Il est fin, Alain, quand il boit pas. Quand il est saoul comme un trou, il est fin aussi, mais il fait pitié. Ça fait bizarre de voir une bouche qui bouge tout croche, des yeux ouverts qui regardent rien, des bras pis des jambes qui marchent pas dans le même sens. L'autre soir, Alain s'est endormi sur le sofa avec sa cigarette allumée dans yeule. On a failli passer au feu, le sofa boucanait pis toute. Mais il s'est rien passé finalement, juste une petite chicane avec Julien. Il voulait qu'Alain parte, ma mère voulait pas. Ça aurait été drôle que la maison brûle au complet, on aurait encore été obligés de déménager.

C'est l'fun, déménager. C'est comme une nouvelle vie qui commence dans une nouvelle chambre, un nouveau décor, avec une autre sorte de voisins. La seule affaire qui me fait chier, c'est que Jessica reste loin, on se voit pas mal moins souvent.

Jessica, c'est ma meilleure amie. C'est la seule, en fait. Je connais d'autre monde, c'est sûr, mais y'a juste elle qui me connaît, moi. Je lui dis presque tout. Elle est fille unique, je suis comme sa sœur, je pense. En tout cas, elle, elle est comme ma sœur.

Ma sœur Julie, je l'aimais beaucoup quand j'étais petite, mais elle est en train de devenir une vraie vache, pis les vaches, on devrait les laisser brouter dans le champ. Dans une maison, une vache ça pue pis ça prend trop de place. Pis ça fait vraiment chier.

Julie arrête pas de dire qu'elle veut aller rester chez mon père. Qu'elle y aille, estie, qu'elle foute son maudit camp d'ici, qu'on lui voie plus sa face de Miss Piggy qui se trouve donc belle, qui passe sa journée dans la toilette à se regarder dans le miroir comme une grosse épaisse. Elle a treize ans et elle se met du rouge à lèvres! Elle le met tout croche en plus. Rajoute le bleu ciel et le rose bonbon qui lui peinturent le tour des yeux, on dirait qu'elle a rien de vrai, elle ressemble aux catins cheap chez Rossy.

Tu la verrais, la Julie, elle fait pas juste dur, elle fait peur.

À qui je parle, au juste, moi, là?

C'est bizarre, on aurait juré que mon Journal était vivant, y'a cinq minutes. Ça serait cool d'avoir un Journal vivant, humain pis toute, dans la vraie vie. C'est l'fun de parler à quelqu'un qui existe pas, qui t'obstine pas pis qui te dit pas tout le temps que c'est pas grave. Ben non, je l'sais, y'a rien de grave. Mais maudit, j'existe pareil, me semble. C'est grave pareil, ça, non?

De toute façon…

Julie aime pas ma mère, je pense. Checke-la ben aller, elle va devenir une grosse torche qui va finir toute seule, sans amies, sans sœurs, sans vie. Elle se prend trop pour une autre pis elle est tellement égoïste que ça me fait honte devant le monde.

Je comprends pas le monde égoïste, me semble que c'est plate, manger une palette de chocolat tout seul dans son coin, quasiment en cachette ? Sauf bien sûr quand Madame fait sa baveuse pis me la mange dans la face. Elle pense que ça me fait chier, mais je la trouve juste conne. Quand Miss Julie-Piggy fait fondre le chocolat dans sa bouche pis qu'elle sort la langue pour m'écœurer, on dirait qu'elle a la bouche pleine de marde. C'est dégueulasse.

Jessica, elle est comme moi. On se raconte tout pis quand une de nous deux a de l'argent ou une bébelle, c'est comme si c'était à nous deux. À l'école, on suit les gars dans le corridor, avec deux autres filles. Moi, je fais semblant que je tripe sur Monette, mais c'est juste pour faire comme eux autres. Je vois pas trop ce que je pourrais faire avec un gars. C'est un peu... J'sais pas... Dégueu, non ?

Mon Dieu, c'est long, on dirait que je suis en train d'écrire un roman, moi !

J'aimerais ça écrire un livre, un jour. Je sais pas trop de quoi je parlerais, mais il me semble que ça serait l'fun de voir mon nom sur une couverture de livre, de lire mes propres mots, mes propres pensées. Je lis tout le temps, ça ferait changement que ce soit moi qui écrive, pour une fois. Un roman de je sais pas quoi, qui pourrait se passer je sais pas où. Ça serait pas important, l'important serait d'écrire un roman.

Sauf que j'ai pas vraiment de talent. C'est plate. Je suis super bonne en français, je fais pas de fautes pis rien, mais j'ai pas d'imagination. L'autre fois, fallait composer un conte à l'école. J'ai eu une bonne note, mais il fallait que je le lise à toute la classe. J'ai pas été capable. J'étais ben trop gênée. C'était ben trop niaiseux, mon affaire, c'était l'histoire d'une petite fille qui rêve qu'elle a une belle famille pis qui se réveille en dessous d'un sofa, dans un cauchemar. Finalement elle se rendort et la belle vie recommence. Hahaha! Je suis vraiment conne, des fois.

Bon, je pense que je vais aller me coucher.

Laval, 15 janvier 1984

Ayoye! Je viens juste de revenir chez nous, ça fait trois jours que j'étais partie. Je pense que je me suis fait kidnapper. En tout cas, c'est ça que ma mère a dit à la police.

Mon père. Je pensais qu'il était disparu pour de bon, mais ça a ben l'air que non. C'est sa fête aujourd'hui, justement.

L'autre jour, je revenais de l'école avec ma sœur Julie. On venait juste de sortir de la cour quand mon père est débarqué de son auto parquée. J'ai fait le saut en maudit, je m'attendais pas à le revoir une seule fois dans ma vie. Il nous a parlé comme si de rien n'était. Je veux dire comme s'il était un vrai père. Moi, je me suis méfiée, mais Julie avait l'air de trouver ça normal, ça fait qu'on est restés tous les trois à jaser sur le trottoir. Mais il commençait à faire frette, j'ai voulu partir. «Embarquez, les filles, j'vais aller vous reconduire», qu'il a dit…

J'en reviens pas de ce qu'il a fait. Il nous a demandé d'attendre une seconde, il est allé dans une cabine téléphonique pis il est revenu avec un grand sourire pour nous faire accroire qu'il venait de parler à notre mère pis qu'il pouvait nous emmener souper au restaurant.

J'ai trouvé ça bizarre sur le coup, mais je me suis dit que ça se pouvait. Ma mère avait l'air tellement bien avec son Julien, peut-être qu'elle avait oublié à quel point elle haïssait son ancien mari. En tout cas, on est parties avec lui pis on s'est retrouvés tous les trois dans un resto. C'était cool, on pouvait commander n'importe quoi, même un dessert.

Un moment donné, mon père est encore parti téléphoner. Quand il est revenu, il a dit qu'il pouvait nous emmener chez lui pour deux jours, que ma mère voulait. Là, j'ai commencé à trouver ça vraiment bizarroïde, mais j'ai rien dit. J'avais pas vraiment peur qu'il se fâche, c'était pas ça. On aurait dit que je le haïssais moins tout d'un coup. Je me disais que si ça se pouvait dans les livres, dans les films pis toute, ça se pouvait aussi dans la vie qu'un père se mette à subitement aimer ses filles. Pourquoi pas ?

Je voulais appeler ma mère pour être sûre, mais je l'ai pas fait. Je pense que j'avais peur de me rendre compte que c'était pas vrai. Si je savais pas, je faisais rien de mal en allant chez mon père, une affaire de même. Parce que dans le fond, fond, fond, je l'savais ben que ça avait pas d'allure, son histoire.

On est restées toute la fin de semaine chez lui. Il avait loué une sorte de petite maison dans le coin de Sainte-Rose, au fond de Laval. Toute la fin de semaine, il nous a fait à manger, avec plein de desserts. Un nouveau père, je te jure, je l'ai jamais connu de même.

Ben tabarouette, quand il nous a ramenées chez ma mère, le dimanche soir, ma mère était comme folle. Elle était saoule ! Ma mère qui boit jamais une goutte d'alcool était saoule comme une chose toute ramollie mais qui arrête pas de bouger. Pis sa voix. Oh, mon Dieu, sa voix était trop pas sa voix... Elle allongeait tous les mots comme si c'était du caramel mou collant : « Mêêêêêêês zennnnnnnfan-nnnnnnnnnnnnts. Mêêêêêêêêêêês fiiiiiilllllllllllllllllles. » Ses mots finissaient pas.

Après ça, elle s'est mise à brailler, à traiter mon père d'estie de chien sale, de rat crotté. On aurait dit que c'était un disque, tellement je reconnaissais la chanson. Mais elle étirait ses mots pour rien, il l'entendait pas. Il était déjà reparti. J'aurais aimé ça qu'il nous dise bye, mais j'imagine que c'était pas le bon moment. Pas longtemps après, ma mère a sursauté sur sa chaise pis elle a appelé la police pour leur dire qu'on était revenues.

Elle avait appelé la police! Elle avait dit qu'on avait été kidnappées pis toute! Hahaha! J'en revenais pas. Je te dis qu'il s'en passe, des affaires, dans ma vie.

Montréal, 1er février 1984

Avant-hier, j'ai eu la peur de ma vie. Je suis allée aux toilettes pendant que ma mère était dans la douche, pis là... Oh mon Dieu, c'était épouvantable, je saignais par le trou où on pisse.

J'ai pas osé crier, je voulais pas faire peur à ma mère. On dirait qu'elle m'aime ces temps-ci, je voulais pas lui faire de la peine en lui disant que j'étais en train de mourir. Mais ça, c'était avant-hier... Aujourd'hui, c'est elle que je souhaiterais voir crever tellement j'ai eu la honte de ma vie quand j'ai conté ça à Jessica.

Je vais pas mourir pantoute, c'est tellement pas mortel que ça a même un nom : ça s'appelle « une semaine ». Une semaine, estie! Il paraît que c'est le temps que ça dure, même si ça a duré juste deux jours.

J'ai fait semblant que je niaisais, j'étais ben trop gênée quand Jess est partie à rire. « Ben non, Jeanne, t'es pas malade, t'as juste ta première semaine! » Hahaha! J'ai fait aussi. Un rire jaune, jaune, jaune, j'aurais voulu mourir drette-là, pour vrai cette fois-là. Pis elle s'en est rendu compte, c'est sûr, c'est juste que Jessica, elle m'aime pour vrai (pas comme ma chienne de mère) pis elle a rien dit.

Ta-bar-nac.

À la bibliothèque, j'ai essayé de checker si je pouvais pas en savoir plus, mais y'a juste des livres sur l'horoscope, j'ai rien trouvé d'autre sur une semaine qui saigne. Estie que c'est pas drôle, se trouver niaiseuse.

Laval, 12 février 1984

Jessica a couché avec un gars. Wow! Je me demande ça fait quoi. Elle dit que c'était cool pis toute, mais elle me donne trop de détails, j'ai pas envie de tout savoir ça. Imaginer mon amie toute nue en train de faire ça avec un gars, je sais pas, ça m'écœure. Ça me gêne tellement, je suis sûre que je deviens rouge jusqu'en dessous des pieds.

Je me demande ça fait quoi, mais dans le fond, je veux pas trop le savoir…

Jessica arrête pas de me dire qu'il faut que je me déniaise. Moi, je veux bien, mais c'est plus facile à dire qu'à faire. Les gars, c'est elle qu'ils veulent, c'est pas moi. J'ai l'air d'une vraie mongole, on dirait que je suis restée comme une poupée de huit ans. Une belle petite fille, je sais bien, mais j'ai l'air trop jeune, j'ai même pas un seul maudit bouton. Jessica, elle, a la face toute pleine, des vieux, des neufs, des gros, des juteux. Elle a l'air d'une vraie ado au moins.

Jessica s'habille sexy pis toute, moi, je peux pas. C'est pas ma mère qui veut pas, je suis pas mal sûr qu'elle s'en fout, mais je suis pas bien dans du linge serré. C'est comme si j'étais toute nue pis ça me fait capoter. J'ai essayé le linge de Jessica une fois, pour le fun, mais c'était tout sauf le fun, justement. T'es toute pognée, là-dedans. C'est aussi long enlever un pantalon que le mettre, sinon plus, pis après ça, tu peux plus t'asseoir pis t'as de la misère à respirer. J'aime encore mieux mon linge slack, au moins je peux bouger, au moins c'est comme si je suis habillée.

J'aime vraiment pas ça être toute nue. Au cours de piscine, ça m'a fait badtriper de me retrouver en maillot de bain avec ma classe. En fait, c'est pas tout à fait vrai, c'est l'idée qui m'a fait badtriper. Je suis pas allée, j'ai dit que j'avais mal à la tête pis j'ai attendu dans le corridor que le cours finisse. Je dérange pas personne, je fais rien de cave, je lis. Habillée.

Mais l'autre épais de prof, ça a l'air qu'il les croit pas, mes histoires de mal de tête.

Lui : Ça fait cinq fois. Tu me prends-tu pour un cave ?

Moi (en haussant les épaules, les yeux et les sourcils, genre Heinnnnn ? Quessé tu veux ?) : Ben non, monsieur.

Lui : Tu vas me faire accroire que t'as trop mal à tête pour te baigner, mais pas pour lire un livre, c'est ça ?

Moi (gros soupir) : Ben là, je fais rien de mal. Ça me tente pas d'aller me baigner. Je PEUX pas aller me baigner. Pis j'irai pas me baigner, c'est tout. On fera pas des histoires avec ça...

Estie de con à marde ! Lui, il s'est dit : « Moé, j'en fais, des histoires avec ça. »

Hahahaha ! Il pense vraiment que cinq retenues vont me pitcher dans sa grosse piscine de marde ? Ça doit être ça, un optimiste. Il a pas l'air de catcher qu'il aurait pu m'en coller cent, mille, un million, il m'aurait pas eue. Je me baignerai pas. Point. Je m'en fous de couler son cours d'éduc à marde, il peut être sûr que je le coulerai pas toute nue dans l'eau. Qu'il mange de la marde.

Ben voyons, j'ai juste le mot « marde » dans la tête ou quoi ?

C'est dur d'avoir mon âge, je trouve. Les adultes me parlent comme si j'étais une retardée de quatre ans, comme si je savais pas pantoute qui j'étais. Y'a ben juste mon grand-père qui a l'air de me parler, à moi. Je m'ennuie de lui. J'aimerais ça qu'il vienne rester chez nous, encore.

Laval, 18 février 1984

Ça commence à aller mal chez nous. Ma mère trouve que je rentre trop tard pis que je suis jamais là. Elle est fatigante. Je sais pas ce qu'elle s'imagine, mais je fais rien de mal. Je me promène beaucoup, c'est vrai, mais je me suis tout le temps promenée beaucoup, je vois pas ce qui la fait capoter de même.

Julien, lui, y'est super cool. C'est un Français de France, il a un accent d'acteur pis y'est super drôle. Il arrête pas de dire des niaiseries, ça me fait tout le temps rire. C'est de valeur qu'il soit pas mon vrai père, j'aurais pas honte d'un père comme lui.

Ma mère, c'est pas qu'elle est pas fine, mais on dirait que tout dépend de son humeur dans la maison. Des fois, je rentre à deux heures du matin pis elle dit pas un mot, d'autres fois je rentre à minuit pis elle pique une crise. Faudrait qu'elle se branche, elle a passé sa vie à se foutre d'où j'étais, elle peut pas se réveiller un bon matin pis commencer à me faire la morale, ça marche pas de même.

Pis ses esties de menaces de me placer à tout bout de champ, je commence à en avoir plein le cul. Qu'elle me place pis c'est toute, qu'on en finisse. Crisse de chienne !

QUATORZIÈME TABLEAU

Une première...

Montréal, mars 1984

Aussitôt descendu de voiture, Steven voulut y remonter.

— *Come on*, Réginald, on va ailleurs ! dit-il dédaigneusement. C'est des poussins ça, pas des poules.

Et, empruntant l'air désolé d'un fermier constatant la maigreur de son troupeau, Steven faisait signe à Réginald de regarder autour, pointant du regard les groupes de filles éparpillés. Le stationnement de la discothèque avait un air de cour de récréation.

— Justement, mon ami, lui répondit Réginald, des poussins, comme tu dis, c'est bien plus tendre pis ben moins capricieux ! *Let's go !*

Sans plus de cérémonie, il entraîna son réticent cousin à l'intérieur d'un grand bâtiment d'où s'échappaient, chaque fois que les portes s'ouvraient, les grands succès des années quatre-vingt. Réginald fêtait ce soir-là son vingt et unième anniversaire.

Au moment où ils pénétrèrent à l'intérieur, la voix de Michael Jackson dirigeait des centaines de petits bras levés, imberbes pour la plupart et déchaînés par conséquent : «*Beat it! Beat it!*»

Réginald et Steven se frayèrent un passage, violant du regard les jeunes poitrines offertes et ruisselantes qui se trémoussaient sur la piste de danse. La moyenne des donzelles avait autour de treize ans.

Deux jeunes filles, une blonde et une brune, commandaient un verre au bar : du jus ; la discothèque ne servait pas d'alcool. Réginald poussa son cousin du coude et cessa de danser.

— Wow ! Exactement c'qui nous faut ! dit-il.

Steven suivit le regard de Réginald.

— *A monchè*, dit-il en créole, *se timoun yo e. M'pa ladann*[3].

— *Gade yon nèg sot*[4], répondit Réginald, en levant les yeux, feignant l'exaspération.

Puis, sans s'occuper de son cousin, il fixa les deux filles du regard jusqu'à ce qu'elles le remarquent.

Les deux adolescentes étaient vêtues de façon semblable, dans des tons différents. La blonde portait une grande chemise d'homme bleue, la brune, une rouge, chacune serrée par une large ceinture et tombant comme une mini-jupe sur leurs leggings noirs. De petits talons hauts, charbon et

---

3   *C'est des enfants, franchement ! J'embarque pas.*
4   *Quel idiot !*

identiques, portaient la paire d'amies avec autant d'aisance que des chaussons de ballet un ours polaire. La plus âgée, vraisemblablement la blonde, ne dépassait pas quatorze ans.

— Checke ça, Jeanne! C'est le gars qui était au Palladium l'autre soir, cria la blonde à l'oreille de son amie. On dirait qu'y s'en vient nous voir…

Jeanne tourna la tête.

— De l'autre côté! fit encore la blonde, si fort que Jeanne se frotta l'oreille un moment.

Spontanément, les deux jeunes filles vérifièrent d'un coup d'œil la mine et la mise de l'autre en souriant d'un air glouton.

— Ta ceinture, fit Jeanne.

— Tes cheveux, répondit Jessica en faisant un geste mimant le dégagement du front.

Une demi-heure environ passa. Jeanne et Jessica avait fait le tour deux ou trois fois, mais n'avaient pas revu leur Michael Jackson de service et finirent pas croire qu'il était reparti. Il les suivait du regard, pourtant, et finit par se pencher à l'oreille de son cousin.

— On y va. J'te laisse le choix : la blonde ou la brune ?

Steven, réchauffé par une trentaine de minutes de danse et par une flasque de rhum cachée dans sa veste, n'offrait plus la moindre résistance et les aurait de fait volontiers prises

JEANNE CHEZ LES AUTRES

toutes les deux. La blonde cependant lui parut plus dégour-
die, et lorsqu'ils arrivèrent à leur hauteur, c'est celle-là,
Jessica, qu'il prit par la taille et mena vers la sortie sans se
retourner, ne doutant pas un instant que son cousin les
suivait, avec la brunette.

Au téléphone, le lendemain, Jeanne et Jessica ne parlèrent
guère d'autres sujets.

— Pis ? commença Jessica. C'était-tu comme j't'avais dit ?

Le Journal de Jeanne

Montréal, 7 mars 1984

Bon ben… c'est fait. Je suis officiellement déniaisée. Il s'appelle Réginald, il a vingt et un ans, mais ça m'étonnerait que je le revoie. J'aimerais ça, mais il me rappellera jamais, c'est sûr.

C'était correct. Ça m'a même pas fait mal comme je pensais, sauf que, bof… ça ressemblait franchement pas à ce que j'imaginais. Il m'a même pas embrassée comme une actrice, il m'a juste fait coucher sur le dos sur une espèce de sofa dégueu, il m'a enlevé mon legging, ma culotte, pis bang! il m'a foncé dedans.

Je sais pas si j'ai aimé ça. Ça m'a rien fait dans le fond, sauf que j'étais contente «pendant» de me dire que c'était enfin fait. À quatorze ans, y'était comme temps. Mais… c'est quand même un peu dégueu, un gars, je trouve.

En tout cas, j'ai pas saigné comme dans un livre, ou si oui, ça s'est tout mêlé avec la morve qui m'a coulé entre les jambes, après. Mais ça, c'était pas de moi, c'était de Réginald, j'suis pas mal sûre. Yark! Trop, trop dégueu.

De toute façon, je m'en fous, je ne suis plus une estie de niaiseuse pis je suis ben contente. Pis asteure que c'est fait, ben je le referai plus.

Montréal, 12 mars 1984

Je me dis tout le temps que je vais écrire plus souvent, mais soit il se passe rien, soit il s'en passe trop. Ces temps-ci, il s'en passe des tonnes.

J'ai comme une sorte de chum. Je dis « une sorte » parce que je vois ben qu'il m'aime pas tant que ça. Des fois il fait comme s'il me voyait pas. D'autres fois, y'est super fin par exemple. Il s'appelle Pierre. Je le vois quand je sors de chez nous, le soir. Il va pas à la même école que moi. C'est un ami du chum à Jessica. On couche ensemble, mais sinon, il se passe vraiment pas grand-chose d'autre entre nous deux.

Il m'appelle jamais. Il dit que ça le gêne de tomber sur mon père ou ma mère. C'est niaiseux, j'en ai même pu, de crisse de père.

Ah, pis j'ai pas envie de parler de lui. Je suis sûre qu'il s'en fout, de moi, de toute façon.

Pierre, des fois, y'a l'air de se prendre pour Michael Jackson en personne. Je pense que je vais dire à Jessica de dire à son chum de dire à son ami que c'est fini. Bon débarras.

Les gars, c'est rien que des cons. Des crétins ambulants, des pantins dégoûtants. Je sais pas pourquoi je veux un chum, ça m'écœure ben raide. Dans le fond, c'est juste pour faire comme Jessica, pour pas avoir l'air plus épaisse que je le suis.

Je sais pas quoi faire. Je veux pas être une retardée toute ma vie, quand même…

Montréal, 20 mars 1984

Estie de câlisse que ma mère m'énerve. Que c'est qu'elle a, maudite marde ? Elle s'est mis dans la tête qu'il fallait que je reste à la maison après le souper. Est-y rendue folle ou ben quoi ?

J'ai rien à faire, ici. J'ai lu tous mes livres au moins deux fois, je suis quand même pas pour me mettre à regarder sa grosse télé. Je vais mourir d'ennui. Au secourrrrrrrrrrrrrrrs !

Ça fait une semaine qu'elle capote pour n'importe quoi. Elle est pas si pire, d'habitude. Elle, pis ma grand-mère aussi. Elles passent leurs journées à se parler au téléphone, asteure. Mère et fille, c'est donc touchant. Pfff. Elles se montent la tête, j'suis sûre. Je l'adore ma grand-mère, je l'adore vraiment, mais elle lit juste le *Allô Police*, ça fait qu'elle voit des drames pis du sang partout.

— Sacre pas de même, que ma mère m'a dit l'autre jour.

— Va donc chier, estie, que je lui ai répondu.

Mais tout de suite après, j'ai couru dehors. Elle avait trop l'air d'avoir le goût de me sacrer sa main sur la yeule.

Bon, ma mère qui me fait sortir de ma chambre pour manger du gâteau deux couleurs comme j'aime. Elle s'est pas excusée directement, mais c'est la même affaire. Je la connais, ma mère.

Je m'en fous, elle m'aura pas avec du gâteau. Ni avec du poulet. Elle m'aura pas avec rien. Il est trop tard, elle me fait trop chier.

QUINZIÈME TABLEAU
Le grand-père

Montréal, avril 1984

Station Henri-Bourassa, deuxième wagon, troisième porte. Jeanne débarqua directement devant la sortie et se précipita pour devancer la foule. C'était l'heure de pointe, le moment de la journée où les données inutiles qu'elle collectionnait servaient un peu. Elle connaissait par cœur l'emplacement de chaque sortie de la ligne orange, en nombre de wagons. Deux sorties par station.

Tout essoufflée, elle arriva chez son grand-père, frappa trois petits coups et entra. Il l'attendait.

— Oh, mon Dieu ! T'es don ben grillé, pèpèye ! s'écria Jeanne en voyant son grand-père.

— La Florida, *chiquita* ! Enweye, donne-moé un bec, tu vas voir, ça déteint pas !

Raoul Hamelin embrassa sa petite-fille sur le front et lui offrit un jus, qu'elle accepta. Ils bavardèrent de son voyage un moment.

— C'était comment là-bas ?

— Ah, mon Dieu, Jeanne, si tu savais… Je regrette assez de pas y être allé avant… Avoir su, je te dis, j'aurais voyagé toute ma vie.

— Wow! Tant que ça?

— Plus que ça, Jeanne, plus que ça. C'est comme si avant d'aller en Floride, je savais pas que ça existait, toute ça. Je le savais sans le savoir, je veux dire ; je le savais, mais je m'en rendais pas compte.

— C'est compliqué, ton affaire, dit Jeanne.

— C'est pas compliqué. Mais rappelle-toé ben de ça, ma petite Jeanne, dans la vie, faut commencer de bonne heure. Pas attendre d'avoir mon âge pis d'achever.

— Ah! Dis pas ça, pèpèye. T'achèves pas, dis pas ça…

— Écoute-moé pareil, ma belle. C'est important, ce que je te dis là…

— Ouin. As-tu d'autre jus, pèpèye?

Lorsque Raoul eut le dos tourné pour resservir du jus à sa petite-fille, elle lui demanda :

— Ça fait combien de temps que tu restes pu avec mèmèye?

— Oh boy! Ça fait longtemps…

— Mais pourquoi? Vous avez tellement l'air de bien vous entendre, me semble…

— Ta grand-mère trouve que je mange comme un cochon. Pis quand je dors, je ronfle plus fort qu'un tracteur à moteur. Ma pauvre Rosa était tannée...

— Hahahahahaha !

Raoul était en effet tout un phénomène lorsqu'un aliment passait ses lèvres. Le mari de Rosanna mâchait littéralement hors de sa bouche, le dentier engagé dans une sorte de valse endiablée qui n'avait rien de romantique. « Sacrée mèmèye, se disait Jeanne, tout un caractère, quand même. »

— Pèpèye ? reprit Jeanne après un instant. J'ai une question un peu bizarre...

— Mmm ? Bizarre comment ?

— Ben... Je me demandais... Ça te fait quoi d'avoir des... ben d'avoir des enfants tapettes ?

Raoul faillit s'étouffer, ce qui lui donna le temps de rassembler une idée ou deux.

— Où c'est que t'es-t-allée chercher une affaire de même, toé ? lui demanda-t-il.

— Ben... Je sais pas, j'ai entendu dire que Alain, pis Jacques... Ben, j'ai entendu dire que c'est des hommes aux hommes. C'est pas vrai ?

— Euh... C'est-tu vrai ? C'est-tu pas vrai ? T'sais, Jeanne, c'est pas des affaires qu'on est supposé parler ben ben...

191

Jeanne était déçue. D'ordinaire, son grand-père répondait à toutes ses questions. «Quand tu seras grande, tu sauras pourquoi», c'était la phrase passe-partout de ses parents, pas la sienne. Elle regrettait sa maladresse, elle aurait dû lui poser la vraie question directement. Il était trop tard, maintenant, ce serait trop impoli après ce qu'il venait de lui répondre. Ce que Jeanne voulait savoir, c'était si son grand-père avait quitté sa grand-mère pour un homme, comme elle avait déjà entendu sa marraine l'affirmer. La jeune fille changea de sujet.

— Hey, pèpèye! Penses-tu que j'pourrais v'nir rester chez vous, si ma mère elle veut?

— Bon, bon, bon, quessé qui s'est passé? Tu t'es encore chicanée avec ta mère?

Jeanne se plaignit une bonne quinzaine de minutes de tout, de son contraire et de la synthèse.

— J'ai plus le droit de rien faire. Ma mère est tout le temps dans mon dos, elle me lâche pas, commença-t-elle.

— T'exagères pas un peu, Jeannette?

— Pas pantoute! Tu devrais la voir, pèpèye, c'est une autre mère que j'ai. Je la reconnais pas, je te dis. Pis en plus, madame a décidé que le ménage, c'était ma job à moi. Hey woohhh! Je m'appelle pas Cendrillon.

Raoul était habile. Il soupira profondément, l'air de trouver que sa fille souffrait en effet d'un léger excès de zèle et que sa petite-fille était bien à plaindre. Mais en réalité, il avait conseillé une partie de ces nouvelles mesures, inquiet de la trop grande liberté de Jeanne. Sans aller jusqu'à regretter son ancien gendre, Raoul avait mis Élizabeth en garde : « Tu diras ce que tu voudras, avec ton René, les filles étaient tenues plus serrées. Faut que tu fasses attention à eux autres, Lizon... »

— Pis à l'école, comment ça va ? demanda le grand-père.

— Correct. C'est plate...

— Hein ? L'école avec, c'est plate ? Oh boy ! T'aimais ça comme une petite folle, avant...

— J'aimais ça, mais j'aime pu ça. C'est rendu plate, c'est tout le temps la même affaire. Pis j'ai deux profs qui sont cons. Messieurs veulent pas que je lise, ils veulent que j'étudie. Pfff.

— Il faut que t'écoutes les profs, Jeanne...

— Ah, pèpèye ! Commence pas toi avec ! Sont plates mes profs, sont cons, sont nuls, sont... Ça dérange qui que je lise ? Je les passe, leurs maudits examens, j'ai plus que quatre-vingt-seize partout...

— Ben, tu pourrais avoir des cent ?

— Ah non, pèpèye ! Tu parles trop comme ma mère…
Pourquoi tu viens pas rester chez nous, d'abord ?

La question sembla mettre Raoul mal à l'aise. Il ne répondit
pas, et Jeanne interpréta ce silence comme une ouverture.

— On fait ça, pèpèye ! Appelle ma mère, viens rester chez
nous ! S'il te plaît, tu vas avoir la chambre de Chantal en
plus, ça va être super le fun. Dis oui, pèpèye ! S'il te plaît…

— Ben voyons, Jeannette ! T'es pire qu'une vraie girouette !
Y'a pas deux minutes, c'est toi qui voulais venir rester icitte.
Calme-toé, toute va s'arranger tu vas voir, toute va
s'arranger…

— Je suis pas une girouette pantoute, répliqua Jeanne. C'est
toi qui m'as tout le temps dit que c'était rien que les fous qui
collaient sur une idée… Enweye, pèpèye, viens rester chez
nous. Comme avant. C'était tellement le fun, avant…

Raoul retourna se perdre dans ses pensées. Impossible d'expliquer à sa petite-fille les vraies raisons de son refus, bien
entendu. Il savait qu'Élizabeth n'avait rien dit, la honte avait
été trop partagée. Quel gâchis.

Raoul se revoyait quelques années plus tôt, suffoquant de
confusion devant sa fille. Si elle avait parlé, au moins… Mais
Élizabeth n'avait rien dit. Pas un mot, pas un son. Raoul
Hamelin avait simplement vu une mâchoire se mettre à
trembler, des yeux étinceler, une fureur s'amasser. Il était
parti.

Les sensations de l'instant passé n'existaient plus. Aujourd'hui, il avait du mal à croire qu'il avait pris un risque aussi idiot.

Que pourrait-il bien inventer ? se demandait-il. Quelle raison donner à sa petite-fille ?

Il pencha la tête d'un coup sec, comme pour forcer ses idées sombres à l'intérieur d'un tiroir imaginaire. Rien de plausible ne lui venait à l'esprit.

— Jeanne, ça te tente-tu qu'on aille manger une bonne crème en glace ?

DEUXIÈME PARTIE

SEIZIÈME TABLEAU

L'Escale

Montréal, octobre 1984

Jeanne suivit docilement les deux agents qui l'escortaient et
jeta à peine un regard à l'édifice dans lequel ils s'engouffrèrent. Il était autour de vingt heures trente, un vendredi.

Le hall semblait désert, mais le bruit de plusieurs conversations mêlées chatouilla la torpeur de Jeanne. Elle dressa la
tête et l'oreille, soudainement attentive au lieu où elle se
trouvait.

— L'Escale, expliqua l'un des deux agents, est une aile du
Tribunal de la jeunesse.

— Eux autres, ajouta son acolyte, ils vont savoir quoi faire
de toi pour tout de suite.

Les policiers menèrent alors une Jeanne impressionnée,
apeurée par sa propre audace, le long d'un large corridor
troué de portes. Une enfilade de noms et de numéros, des
bureaux à n'en plus sortir.

Au bout de la courte promenade, un petit comptoir tenait
lieu de barricade à Rollande Bienvenu, une fonctionnaire

d'une quarantaine d'années. Du moins la dame parut-elle très âgée à l'adolescente.

Les policiers déclinèrent machinalement leur identité, puis l'un d'eux déposa dans les mains sèches et baguées de la bureaucrate un mince dossier. La dame l'ouvrit aussitôt, sans regarder Jeanne qui la fixait pourtant avec une ardeur aussi soudaine que concentrée. Quelques feuilles manuscrites, essentiellement un rapport de police et une déposition d'Éli-zabeth Fournier, la mère, furent parcourues par l'inquisi-trice, qui consentit alors un bref regard à la jeune fille, au-dessus de ses petites lunettes dorées.

Jeanne se tenait timidement devant son bureau, les épaules tassées, les yeux fixés sur la grosse broche de raisins blancs qui tressautait sur la poitrine de la fonctionnaire.

— Jeanne Fournier ? dit enfin la dame.

— On vous la laisse ? se contenta de répondre l'un des agents, en présentant un « reçu » à signer.

Une signature et un signe de tête : Rollande Bienvenu invita les policiers à se retirer.

Peu après, Jeanne se retrouva dans une vaste salle tapissée d'affiches criardes sur les dangers de la drogue, les bienfaits de la contraception, la nécessité de l'éducation, etc. « Sont donc ben plates, leurs posters », se dit-elle.

Huit autres jeunes filles dont l'âge variait entre douze et seize ans meublaient l'espace, la plupart affaissées sur des fauteuils épars, le regard vissé sur une énorme télévision qui diffusait une comédie musicale. Toutes étaient silencieuses, comme retirées dans huit mini-mondes à part. À l'entrée de Jeanne et de la travailleuse sociale qui l'accompagnait, les filles levèrent la tête. L'une se leva brusquement de son siège pour se mettre à arpenter nerveusement la salle ; on aurait dit une souris en cuirette visitant son piège sans pourtant y chercher d'issue. Deux autres, les plus âgées de la cuvée à vue de nez, stationnaient côte à côte au fond de la salle, près de l'unique fenêtre. Mais elles ne se parlaient pas. Elles fixaient Jeanne d'un regard hautain et la détaillèrent de la tête aux pieds.

Lorsque la travailleuse sociale quitta la pièce, la souris crêpée se rassit sans un mot et six regards retournèrent à la télévision.

La timide Jeanne n'osait trop s'avancer vers qui que ce soit. Elle finit pourtant par se décider à s'approcher, la tête trop pleine de questions pour se résigner à la prostration. Elle choisit la plus grande des deux filles près de la fenêtre, une punkette, encore allongée par une paire de collants rayés en une spirale interminable. Jeanne lui donnait environ seize ans.

« Jamais vue, celle-là », semblait se dire la fille aux collants. La punkette était une « pouliche de retour », pour ainsi dire, et affectait de regarder dehors. En réalité, elle observait le reflet de Jeanne dans la vitre et souriait de suffisance de voir la «p'tite nouvelle» se diriger droit sur elle.

— S'cuse… lui dit Jeanne, sais-tu si on passe toute la nuit ici?

Avant de lui répondre, la caricature dévisagea et détailla Jeanne de nouveau. De la coupe de cheveux aux pieds. Son T-shirt trop grand, son jean même pas serré, ses godasses surtout, brunes et béantes, lui arrachèrent un soupir de dégoût affecté, l'air de dire «Pfff! Tu penses vraiment que tu peux me parler, toé?» Du moins est-ce ainsi que Jeanne interpréta son regard.

La punkette céda toutefois à sa propre curiosité.

— Ça dépend, finit-elle par répondre. T'es-t-icitte pour quoi? Y'en a qui partent, y'en a qui restent…

Elle tendait le bras comme un propriétaire montrant quelques pièces de son bétail, l'air de posséder les détails des histoires de chacune. Elle reprit aussitôt:

— Mais sont à veille de nous envoyer se coucher, si c'est ça ta question. T'es-t-icitte pour quoi?

Lorsqu'elle s'éveilla le lendemain, Jeanne ne reconnut ni le dortoir ni les filles qui s'affairaient autour d'elle. Elle referma prestement les yeux pour s'exclure encore un moment.

La soirée de la veille se dressa comme un casse-tête dans son souvenir, et il en manquait des morceaux. Jeanne hors d'elle et de contrôle, enragée, détruisant tout ce qu'elle aimait pourtant. Sa collection de disques de Michael Jackson, ses posters, ses photos, tout ce qui se trouvait à sa portée y était passé. Elle avait arraché les pages de ses livres, déchiré des vêtements, envoyé deux miroirs se fracasser contre le mur. C'est à ce moment d'ailleurs que sa mère était entrée dans sa chambre, à cause du bruit.

La suite avait été une affaire de quelques minutes, Élizabeth avait téléphoné au service de police.

Jeanne se remémora son refus de demeurer un instant de plus sur les lieux, quitte à aller en cour, quitte à devoir passer le restant de ses jours en centre de détention, quitte même à ne plus jamais revoir sa mère. Mais elle ne parvint pas, étrangement, à se rappeler le pourquoi de tout ce brouhaha. Elle finit par admettre qu'il n'y avait pas nécessairement d'explication. On peut exploser de rage pour un détail insignifiant ; ses parents, après tout, avaient été de grands spécialistes en la matière.

Une éducatrice, qui parut démesurément grande à Jeanne, la secoua sèchement par le pied. Jeanne ouvrit les yeux et s'assit sur son lit.

— Tu fais ton lit, tu t'habilles. Dans quinze minutes, on descend déjeuner. Sois prête, lui dit-elle, d'un ton plus indifférent qu'autoritaire.

Jeanne remit le pantalon et le t-shirt qu'elle portait la veille, et bientôt se trouva près du groupe de filles qui bavardait et trépignait nerveusement près des larges portes du dortoir.

Bien que toutes fussent prêtes, l'ordre de descendre ne se fit entendre qu'à huit heures sonnant. Le troupeau enfila silencieusement un escalier de béton jusqu'à la cafétéria qui se trouvait au sous-sol, deux étages plus bas.

— Jeanne Fournier? s'assura une inconnue serrée par un tailleur au point d'en déborder sur les côtés et assise au fond d'un petit bureau strictement meublé d'une table et de deux chaises.

Jeanne inclina la tête pour confirmer son identité et jeta un coup d'œil autour de la pièce pour se donner une contenance.

— Peux-tu, s'il te plaît, répondre par oui ou non? reprit le tailleur d'un ton si peu sympathique que Jeanne sursauta légèrement.

Elle ramena son regard vers l'inconnue et la fixa quelques secondes avant de répondre.

— Non.

— Comment « non » ? D'abord tu fais oui, puis tu dis non. T'appelles-tu Jeanne Fournier, oui ou non ?

— Je répondais à votre deuxième question, madame. Vous le savez bien, que je m'appelle Jeanne Fournier, c'est écrit partout sur vos papiers.

— Tu veux jouer ce petit jeu-là ?

— Non, madame. Je veux pas jouer. Je suis juste fatiguée. Je suis fatiguée de répondre à des questions, j'ai pas envie de parler...

Dès lors, Jeanne demeura immobile sur son siège et ne s'exprima plus que par les yeux, fixant l'avocate d'un air de curiosité davantage que de défi.

Maître Desroches regretta un instant son introduction, mais par acquit de conscience finit par rejeter la faute sur la jeune fille. Elle se leva et quitta la petite pièce, contenant maladroitement son malaise et sa colère.

Jeanne alors se détendit ostensiblement et s'assit plus confortablement, reculant son corps jusqu'à l'appuyer sur le dossier de son fauteuil.

La jeune fille demeura seule un long moment. Un gardien de sécurité, posté près de la porte, veillait sur elle et sur trois autres bureaux semblables. Cette attention constante l'avait d'abord humiliée, mais l'avait revêtue à la fois d'un sentiment d'importance si concret que, somme faite, mise à part l'obligation d'être accompagnée jusqu'aux toilettes, elle finissait par l'apprécier. « Au moins, pensait-elle, y'ont l'air de savoir que j'existe. »

Enfoncée dans son fauteuil et dans ses pensées, Jeanne se remémora ses longues fuites jusqu'aux tréfonds d'une ancienne carrière, près de chez ses parents. Avant le divorce. Persuadée que la maisonnée tremblait d'inquiétude, elle y disparaissait parfois toute une journée, sautait un repas, rentrait dans l'obscurité, mais, invariablement, personne ne semblait remarquer ni son absence ni son retour. « Ici, se dit-elle, j'pourrais même pas m'cacher dix minutes. »

Le tailleur revint, accompagné cette fois d'un sarrau. Jeanne le reconnut, elle l'avait rencontré dans la salle ; il s'appelait Luc, était infirmier et elle l'avait trouvé gentil.

— Ça va bien, Jeanne ? demanda-t-il simplement.

— Oui, merci. Et vous ?

— Pourquoi tu ne veux pas parler à maître Desroches, reprit-il, ignorant le retour de sa première question. Est-ce qu'il y a un problème ?

Jeanne avait baissé les yeux et fixait le plancher, cherchant la faille par laquelle elle pourrait disparaître. Elle n'avait pas envie de répondre devant la grosse, mais ne voulait pas non plus se montrer impolie envers Luc.

— Jeanne ? demanda-t-il après un moment.

Elle leva la tête, affichant du coup son trouble, mais Luc, visiblement, ne s'en préoccupa guère car il enchaîna aussitôt :

— Écoute, Jeanne. J'suis occupé. Peux-tu juste me dire si, oui ou non, y'a un problème à ce que tu parles à maître Desroches ?

— Y'en a pas, d'problème, murmura-t-elle.

Maître Desroches reprit place en face d'elle. Jeanne pour sa part s'avança sur son siège, jusqu'à se retrouver pratiquement assise dans le vide.

La journée avait été une longue suite d'interrogatoires et Jeanne était épuisée. Elle s'endormit dans la navette qui l'emmenait à Sainte-Domitille – Ste-Do pour les habituées –, indifférente au cahot du minibus et à la conversation des quatre autres filles qui voyageaient en sa compagnie. Elle se réveilla lorsque le véhicule s'immobilisa. Deux agents la sommèrent alors de sortir du véhicule, sans rudesse mais sans gentillesse. « Cette manie qu'ont les gens de nous parler comme si on était des machines », pensa-t-elle.

Jeanne sourit. Un film, elle devait le voir comme une sorte de film…

Un autre interrogatoire l'attendait, malgré qu'il fût près de vingt heures et qu'aucune nouvelle information ne lui fut demandée. Toujours, les mêmes questions : Ton nom ? Ton prénom ? Sais-tu pourquoi t'es ici ? Etc.

Lorsque l'éducatrice lui redemanda son âge, Jeanne ne put s'empêcher de fermer les yeux d'exaspération.

— Quatorze ans, madame... Quatorze ans. Ça change pas vite de même...

— On reste polie, mademoiselle.

— Mais... J'suis pas impolie, tout le monde me pose toujours les mêmes...

— On reste polie, mademoiselle.

« Estie de vache conne », se dit Jeanne dans sa tête.

Jeanne aimait bien les adultes et c'était en général réciproque. Mais elle sentait que ceux-là ne l'aimaient pas, et cela la déboussolait complètement. Elle avait hâte de se retrouver en groupe, loin de cette paperasse qui s'accumulait à son sujet. « Pourquoi ils font pas juste des photocopies ? » se demanda-t-elle.

Enfin, l'entrevue prit fin. Jeanne apprit alors avec un plaisir manifeste que l'éducatrice de bienvenue ne s'occuperait pas d'elle comme elle l'avait d'abord craint et suivit gaiement sa relève jusqu'au dortoir.

— Tu as le lit numéro neuf, dit la relève. Vas-y, quelqu'un va venir te voir bientôt.

Et, sans attendre de réponse, la relève vira les talons.

Jeanne prit alors instinctivement le temps de respirer avant de se diriger vers sa nouvelle chambrette, excitée au plus haut point par l'aventure. « Wow ! Chu rendue ici ! » se dit-elle en marchant lentement pour regarder chacune des petites cellules ouvertes, libres pour l'instant de toute occupante.

À vingt et une heures précises, un galop se fit entendre, se précisa, puis pénétra dans le dortoir. Onze filles se dirigèrent docilement vers leur cellule, dans un silence de paroles si surprenant que Jeanne leva la tête d'incrédulité. On n'entendait que le son de leurs pieds et le froissement de leurs vêtements.

Jeanne se réveilla en sursaut. Une femme se tenait devant son lit, un oreiller à la main.

— Euh... Non ? fit Jeanne en faisant mine de retourner au sommeil.

La femme insista cependant, et Jeanne dut se résigner à ouvrir les yeux. Elle s'appuya sur ses coudes pour lever la tête, n'ayant rien compris de ce qu'elle venait d'entendre. Elle reconnut l'éducatrice de soir.

— Pardon ?

La charmante éducatrice prit un air de lama effarouché et montra son impatience en montant le ton d'un cran et en séparant grossièrement les syllabes pour cracher :

— Ton o-rei-ller! fit-elle. Dans-ton-lit!

— Mais y'a pas d'place dans mon lit, madame. J'ai jamais dormi avec un oreiller, ça m'fait mal au cou.

Le lama haussa la voix et reprit:

— Ici, ton oreiller, c'est dans ton lit. C'est le règlement.

— Mais ça dérange quoi que j'le mette sur ma chaise? demanda Jeanne.

C'était insignifiant, pourtant Jeanne fut foudroyée par la conscience de son impuissance. «Estie de vache conne, estie de vache conne, estie de vache conne», se répéta-t-elle mentalement comme une litanie.

— C'est le règlement. On discute pas le règlement, se contenta de répondre la dame en s'éloignant.

Sur le coup, Jeanne fut plus hébétée que choquée. Elle ne comprenait pas l'acharnement des éducatrices à tout vouloir contrôler. Elle casa donc le rectangle de toile à côté d'elle sur le petit matelas, s'y enfouit le visage et pleura brusquement toutes les larmes qu'elle n'avait pas versées depuis qu'elle avait quitté sa mère, deux jours auparavant.

La fin de semaine passa. Jeanne était morose, ne parlait que lorsqu'elle s'y voyait forcée, mangeait du bout des lèvres. Elle participait à tout de corps, mais pas d'esprit. Depuis la scène de l'oreiller, une seule pensée l'obsédait: retourner chez sa mère, à sa solitude. Elle sollicita une entrevue, on la lui accorda.

— J'veux r'tourner chez nous, dit Jeanne en entrant dans la petite salle, j'veux r'tourner chez nous absolument.

Lorraine Lagacé toussa et, du regard, fit signe à Jeanne de s'asseoir.

— Jeanne Fournier ? s'assura-t-elle.

— Oui ! dit Jeanne d'une voix forte. Oui, je m'appelle Jeanne Fournier.

— Écoute, Jeanne, j'ai pas ton dossier devant moi, j'sais pas pourquoi t'es ici…

— Pour rien, l'interrompit Jeanne, pour absolument rien. Chu ici parce que j'voulais v'nir ici, mais là j'veux pu, j'veux vraiment pu.

Lorraine Lagacé coupa Jeanne à son tour.

— Écoute, Jeanne, ça fonctionne pas comme ça. Si t'es ici, y'a une raison, dit-elle doucement. T'es arrivée quand ?

— Je suis ici depuis lundi, dit Jeanne. Mais ça fait cinq jours que chu partie de chez ma mère. Là, j'veux m'en r'tourner, c'est toute. Appelez ma mère, elle va vouloir que je revienne, c'est sûr !

L'éducatrice soupira.

— Écoute, Jeanne…

— J'veux pas écouter, j'veux m'en aller ! Vous allez quand même pas me garder emprisonnée de force ?

DIX-SEPTIÈME TABLEAU

Party de famille

Montréal, octobre 1984

Georgette Brisebois arriva la première, les autres se pointeraient bientôt. Rien de spécial à célébrer. C'était le tour d'Élizabeth d'inviter.

— Jeanne est pas là ? demanda Georgette.

— Non… répondit Élizabeth. Elle est partie chez son amie.

— Câline, c'est de valeur, reprit la Brisebois, ça fait un maudit boutte que je l'ai pas vue.

— Faut que tu goûtes à ça, matante, coupa Élizabeth en présentant un œuf farci à la mayonnaise à sa marraine.

Toute la semaine, la mère de Jeanne s'était demandé si elle devait parler ou non du placement de sa fille en centre d'accueil. La parenté se fréquentait de moins en moins, personne n'était au courant de la situation. Si l'on se retrouvait avec plaisir, l'on ne multipliait pas pour autant les occasions de se réunir. Les enfants avaient grandi et s'étaient éparpillés, la nouvelle génération disparaissait déjà à son tour, chacun de son côté. Il y avait la honte aussi, bien sûr. Même à sa mère, à qui elle téléphonait pratiquement tous les jours, Élizabeth n'avait encore rien dit.

Les quatre Fournier étaient toutes séparées. Nathalie vivait en couple, Chantal était en pension chez son oncle Claude, Julie demeurait chez son père et Jeanne, sa chère petite Jeanne, était placée. Une autre vie, sans enfants. Un grand échec dans l'esprit d'Élizabeth.

De temps en temps, l'envie de récupérer sa fille illico la prenait. Mais une cassette se mettait en marche aussitôt ; la voix de la travailleuse sociale enregistrée dans son cerveau lui répétait que Jeanne était parfaitement mieux, encadrée par des spécialistes qui ne se laisseraient pas manipuler par son air d'enfant sage. « C'est pas un ange, votre fille, madame Hamelin. Vous voudriez pas qu'elle tombe dans la prostitution, quand même ? »

Comment c'était arrivé ? Un soir, sa fille s'était mise au lit comme d'habitude, mais le lendemain, c'était une étrangère enragée qui s'était levée. Élizabeth s'était rendu brutalement compte qu'elle n'avait aucun contrôle sur la bête qu'était devenue sa Jeanne. « J'ai-tu ben fait ? J'ai-tu pas ben fait ? Mon Dieu, j'aimerais tellement ça le savoir… »

On sonna et Rosanna et Raoul parurent. La sonnette servait à s'annoncer, pas à se faire ouvrir la porte.

— Bonjour, bonjour, dit Raoul.

On se salua avec enthousiasme, mais sans effusions, et la sonnette retentit de nouveau. Cette fois, c'était Alain et Jacques, les deux frères d'Élizabeth, les bras chargés de sacs de bonbons.

— Voyons, sont où les filles, Lizon ? demanda Alain.

— Sont pas là.

La réponse était sèche et fermait la discussion. Élizabeth rangea les sucreries dans l'armoire.

— Merci, Alain. J'vais leur donner cette semaine, elles vont être contentes, dit encore Élizabeth.

— Eh ! C'est l'âge ! dit Georgette. Mes enfants avaient pas dix ans qu'ils étaient déjà fourrés tout partout...

Elle s'arrêta, mal à l'aise comme chaque fois qu'elle se rappelait avoir déjà eu cinq enfants. Sobre, elle était souvent sujette à des accès de tristesse qu'elle ne tentait pas de contrôler. Elle se mit à pleurer doucement.

— Voyons, Georgette, prends sur toi, dit Rosanna. Veux-tu un bon grand verre d'eau ?

— De l'eau ? ricana Alain. Donnez-y donc un verre lait, tant qu'à y être...

Raoul présentait déjà un verre de gin à sa belle-sœur. Georgette but à petites gorgées, en s'excusant sans cesse.

— Je m'excuse, je m'excuse, ça me fait tellement de la peine, quand je pense à ça...

— Pense pas à ça. Bois, bois, là, insista Rosanna.

On connaissait la Brisebois, son exubérance reviendrait vite.

Le salon avait été épousseté et rangé pour l'occasion, des chaises supplémentaires avaient été apportées, mais personne ne bougea de la cuisine. C'était la pièce d'accueil, la pièce pour jouer aux cartes, pour se réunir, pour placoter.

— Coudonc, Lizon, t'as-tu des nouvelles du rat ? Y'est rendu où, le sais-tu ? demanda Alain.

— J'en ai pas pis j'en veux pas ! répondit Élizabeth. Chu assez ben, j'veux pas en entendre parler. Y paraît qu'il est rendu dans le Nord, dans le coin de chez sa mère, c'est tout ce que je sais.

Depuis l'ordre de cour qu'elle avait obtenu pour l'empêcher de s'approcher, Élizabeth n'avait pas revu son ex-mari. Il était parti s'installer dans les Laurentides, à Labelle, où elle avait entendu dire qu'il vendait au rabais des appareils électroniques tombés des camions. Elle s'en fichait, l'essentiel était de ne plus entendre parler de lui.

— On mange-tu ben vite ? s'informa Jacques.

— Va te prendre une sandwich dans le frigidaire, on va manger plus tard, dit Élizabeth.

Elle connaissait son goinfre de frère, elle avait prévu le *snack*.

De tous ses frères, Élizabeth n'était proche que d'Alain, le maillon intoxiqué de la famille. Jamais elle ne le jugeait, jamais elle ne le sermonnait. Pour Alain, Élizabeth était toujours disponible. Il avait le don d'en profiter à des heures souvent indues, mais chaque fois, elle le recevait. L'aimait-elle parce qu'elle se sentait utile ou se rendait-elle utile parce qu'elle l'aimait ? Ce n'était ni clair ni le genre de question qu'Élizabeth se posait. Tout ce qu'elle savait, c'était que cette affection fraternelle lui était nécessaire, surtout depuis la perte de son grand ami Léo. Son confident n'avait pas été remplacé.

Ces temps-ci, Alain avait un nouvel amoureux, mais Élizabeth ne l'avait pas encore rencontré. Il était marié, ça le gênait, rapportait Alain.

— Je lui ai dit : ben j'vais aller chez vous, moé, d'abord ! Mais il riait pas ben ben. Il chie dans ses culottes ben raide juste à penser qu'il pourrait s'apercevoir qu'il est fif ! Hahaha !

Un bruit de toux forcée l'interrompit : « Rharrrhem ».

— Oups, excuse-moé, m'man, dit Alain à sa mère. J'savais pas que t'étais juste là…

Raoul proposa une partie de cartes avant de manger, mais personne ne sembla intéressé. Cela faisait si longtemps qu'on n'avait pas placoté, il fallait bien rattraper les nouvelles.

— Comment qu'elle s'arrange, ta grande, avec son chum ? demanda Georgette. Ça va-tu ben, ses affaires ?

— Je la vois pas tellement souvent, répondit Élizabeth. Mais elle a l'air de ben aller. Elle s'est trouvé une petite job de caissière pas loin de chez eux, elle a l'air d'aimer ça.

— Pis son chum, y'a l'air de quoi ? C'tu un bon gars ? reprit la curieuse.

— Y'est ben correct, y'est fin. Ils s'adonnent bien ensemble. Sont supposés venir manger ici, dimanche.

Peu douée pour les études, Nathalie avait abandonné l'école aussitôt qu'elle avait quitté la maison de ses parents, en quatrième secondaire. Elle préférait travailler.

Elle et Chantal, qu'à peine quatorze mois séparaient, ne se voyaient pratiquement jamais. Lorsque ça se produisait, c'est à peine si elles échangeaient trois répliques. « Ça va ? » « Pas pire, toi ? » « Ça va. »

Avec Julie, c'était un peu différent. À l'occasion, la petite Fournier allait passer des week-ends chez sa grande sœur ou chez l'oncle qui hébergeait Chantal. Elle allait rarement chez sa mère.

Quant à Jeanne, les trois sœurs étaient unanimes : l'abandon était trop brutal. Nathalie avait même osé le dire sa mère, mais Élizabeth s'était défendue :

— C'est Jeanne qui a voulu se faire placer. C'est elle qui a demandé de voir un juge. C'est juste elle. Moé, je voulais pas pantoute, tu sauras.

— Tu l'as quand même laissé faire, m'man…

— Ben, quessé que tu voulais que je fasse, câlisse ? avait explosé Élizabeth. L'attacher de force dans son litte ? Elle voulait partir, je te dis, elle VOULAIT se faire placer.

— Ah m'man… Arrête de crier. On peut parler, non ?

— …

— Pourquoi elle a voulu s'en aller à ce point-là ? Pourquoi tu veux pas nous le dire ? avait insisté Nathalie.

— Je l'sais pas. Je l'sais pu… Elle s'est mis à toute garrocher dans sa chambre, à hurler des affaires bizarres sur les autres…

— Quels autres ?

— Je le sais pas trop, j'ai rien compris. Elle hurlait des affaires comme : « Vous m'aurez pas, vous autres ! C'est fini, les autres ! » Des affaires de même, je te le dis, j'ai rien compris. Même Jeanne, t'sais, j'pense qu'elle a pas trop compris. Elle était pas dans son état normal…

— C'est quand même bizarre qu'elle reste là, m'man. Tu devrais faire de quoi pour la faire sortir. Ça a pas d'allure, ils l'ont mis avec une gang de bums. Peux-tu imaginer la p'tite avec une gang de même ? Des dopées, des fuckées, toutes des filles maganées. Ça a pas de maudit bon sens, faut que tu la sortes de là.

— Y'est trop tard, je pense, avait soupiré Élizabeth.

— Comment ça? Voyons, m'man, c'est toi sa mère, t'as le droit de l'avoir avec toi, franchement.

— C'est pas simple de même, Nathalie. J'ai beaucoup parlé avec eux autres, les travailleuses sociales, les éducatrices pis toute. Ça a l'air que Jeanne, elle est pas si tranquille que ça...

— Ben voyons donc! Jeanne? avait bondi Nathalie. Franchement, Jeanne, c'est encore un bébé. Un grand bébé, mais un bébé pareil. T'as pas le droit de la laisser là. Fais-la sortir, je vais la garder, moi...

— Hey! Pour qui tu te prends au juste, tabarnac? Tu penses que tu sais toute, que tu connais toute? T'es ben pareille comme ton estie de père...

— C'est PAS mon estie de père, avait jeté Nathalie en partant.

— Voyons, Lizon, t'es-tu partie sur la lune? demanda Raoul à sa fille.

Élizabeth sursauta.

— Excuse-moé, pôpa, j'ai la tête pas mal pleine, ces jours-ci, dit-elle.

Elle se leva et se mit à préparer la table.

Une heure plus tard, un «Mmmmm» de satisfaction fit vibrer la cuisine, lorsqu'on attaqua le gros jambon qu'Élizabeth avait laissé toute la journée au four.

Le Journal de Jeanne

Montréal, 14 janvier 1985

Youppppi ! J'ai le goût de sauter partout ! Je passe en cour dans trois jours pour retourner chez ma mère. C'était ben l'fun, merci beaucoup, mais on reviendra sûrement pas ! Trois mois, c'était ben en masse, ben assez, pis même un ti-peu trop. J'en reviens pas, quand j'y pense.

Whouuuuuuuuuuu ! C'est fou comme j'aurais envie de crier de joie. J'ai hâte. Hâte à des niaiseries, mais pareil... des niaiseries qui m'ont manqué. Prendre une douche à l'heure que je veux pis pas en prendre si ça me tente pas. Téléphoner quand ça m'adonne. Fouiller dans le frigo quand ça me tente, pas manger quand ça me tente pas. Bref, faire tout ce que je veux, pis surtout pas faire ce que je veux pas.

C'est juste des niaiseries, mais j'en peux tellement plus de jouer au soldat. C'est pas croyable. Ils nous font pas traîner dans la bouette avec une poche de roches sur le dos, mais quand même, on fait chaque chose comme si on avait un seul et même cerveau, pis un cerveau pas trop allumé en plus.

Sortir dehors, mon Dieu, je vais pouvoir sortir dehors comme je veux, comme avant. C'est fou, ça fait pas trois mois que je suis enfermée, mais on dirait que ça fait dix ans. J'en ai, des drôles d'idées, moi. Avoir su…

Je dis ça, mais avoir su, je le referais peut-être, pour le fun. C'était pas si pire, finalement. Ce qui était *tough*, c'était l'incertitude, la pensée que ça pouvait durer vraiment longtemps, des années, même.

Le Relais, c'était moins pire que Ste-Do, c'est sûr. Mais s'il faut comparer au pire pour se sentir mieux, c'est nul. Pis «Le Relais», franchement, tu parles d'un estie de nom con pour un centre d'accueil. Le «re-laid», ça devrait s'appeler.

Je faisais jamais rien, mais j'avais quand même toujours les éducs dans le cul. Une fois, j'y ai demandé, à ma supposée éduc personnelle : «Coudonc, quessé qu'il faut que je fasse pour que vous me lâchiez ? Je fais rien, maudit, pis je me ramasse toujours avec des corvées supplémentaires pour des câlisses de niaiseries.»

Ben… J'y ai pas dit «câlisse» quand je lui ai parlé. J'ai pas dit «niaiseries» non plus. J'ai dit «pour des affaires que je comprends pas». Ça sonnait mieux, plus poli, plus comme ils veulent que je sois, les esties.

Elle m'a expliqué une longue bébelle sur l'influence positive ou négative. Câlisse ! Je ressemble-t-y à un fil de batterie, moi ? Pis la comique, si elle se tapait mon cours plate de INT, elle saurait que le négatif est indispensable au positif, genre. Mais je lui ai pas dit ça, elle aurait rien compris pis j'aurais juste empiré mon cas.

J'ai juste dit – et c'est vrai – que je suis pas négative. Elle a dit que c'était pas assez, que j'avais trop l'air de me foutre de tout.

Euh... c'est clair. Franchement !

Elle a rajouté que quand je me fous de tout, y'a la gang de folles qui se foutent de tout elles avec ! Franchement ! Je m'en sacre-t-y, moi, des autres ? Pis pensez-y donc un peu, si on s'en fout toute la gang, c'est peut-être parce que c'est minable, votre estie de centre pis vos esties d'activités à marde ! Mais je suis polie, j'ai juste dit : « C'est pas vraiment juste, madame. »

C'est vrai que c'est pas juste. On est comme des hamsters, comme des moineaux, comme des fourmis. Ils font pas la différence entre une pis l'autre, on est toutes pareilles, pareilles, pareilles. Pareilles à une fille qui existe même pas en plus, c'est ça le plus niaiseux. Une fille de livre. Hahaha ! Les éducs sortent de je-sais-pas-où (pis je veux pas le savoir), mais en tout cas, ils sortent pas du même monde que nous autres ou sinon, sont complètement fous, déments, bons à exiler toute la gang au Paradis.

Trois mois! C'est fou pareil. Quand je pense qu'au début, je voulais que ça dure des années. Fiou! Une chance que le juge était pas aussi con que moi.

On dirait un rêve, tellement j'y crois pas. Dans trois jours. Dans trois jours, c'est… FINI. F-I-N-I. Finito, estie.

Coudonc, ça change combien de fois, une vie?

DIX-HUITIÈME TABLEAU
Au tribunal

Montréal, janvier 1985

Ce matin-là, Jeanne était tout excitée. Pour la première fois depuis des semaines, elle s'intéressa au décor, aux filles et au déjeuner, comme si la réalité existait. Même le froid ne lui arracha pas une plainte. C'était décidément un grand jour.

Son avocate passerait la chercher vers neuf heures, à midi elle serait libre! Enfin, presque libre, elle devrait finir la semaine au Centre. Mais ce serait différent, il y aurait le mot fin écrit partout. Même le dessert se mettrait à goûter meilleur, peut-être même bon.

Jeanne avait vite été dépassée par l'ampleur des conséquences de son entêtement. On peut être désastreusement stupide, à quatorze ans. Elle s'était fait enfermer pour punir sa mère, pour l'humilier et pour tester son pouvoir, en quelque sorte, mais n'avait jamais songé à ce qu'elle aurait à supporter elle-même dans l'équation. Au contraire, elle avait cru au triomphe de sa vie! «Hahaha! rigolait-elle. Et qui vient de souffrir trois mois comme une épaisse pour faire chier l'autre ? » On est déjà moins con quand on sait qu'on l'est un peu.

L'avocate était à l'heure, Jeanne était en route pour le Tribunal de la jeunesse. Pour la seconde fois, elle remettrait son destin dans les mains d'un juge. L'idée la faisait rire. Se retrouver dans une sorte de monde parallèle et sérieux du soir au lendemain avait été pour Jeanne une suite de surprises. Les avocats disaient « Votre Honneur » pour vrai, par exemple. Ça l'avait étonnée. « Ça sonne bien dans un livre, se disait-elle, mais en vrai, avec un gros accent québécois, *Vot Honeuw*, ça sonne donc ben pas vrai. »

Elle ne regrettait rien. L'expérience avait été pénible parce que longue, mais en conclusion, ça avait été comme un voyage. Une aventure au pays des mongoles, comme elle disait. À refaire sans hésitation, mais moins longtemps. Un mois, disons ?

Enfin on se stationna, on entra et on s'enregistra à la réception.

Dans le corridor, des chaises étaient disposées en salon d'attente. Jeanne se tortilla un moment sur la sienne, se leva, fit les cent pas, se rassit, recommença à se tortiller. L'avocate ne disait rien.

— C'est donc ben long, se plaignit Jeanne, après un temps. Pis est où, ma mère ?

— C'est souvent un peu long, c'est normal. Ta mère est de l'autre côté, dans une autre salle.

— Hein ? Mais… je veux aller la voir !

— Tantôt. Là, on peut pas, on n'est pas du même côté.

Une Stéphanie fit diversion.

— Stéphanie !

— Jeanne ? Quessé que tu fais icitte ?

— Je retourne chez ma mère. Toi ?

— Bof. Je l'sais pas trop. Faut que je passe toutes les six mois, jusqu'à temps qui me changent de place. Une affaire de même.

Les filles discutèrent quelques minutes des unes et des autres que les deux connaissaient.

— La p'tite, là, comment qu'a s'appelle encore ? Une p'tite avec des broches pis des cheveux mêlés, t'sais ?

— Johanne !

— Ouéé ! Johanne. Es-tu encore à Ste-Do ?

— Hahaha ! Non ! Ça fait longtemps qu'a fugué ! Ça fait plus que deux semaines. Y'a repogneront pas si a fait attention. Y'a cherchent sûrement pu ben ben, là.

— J'espère pour elle, dit Jeanne.

— Comme ça, tu t'en vas ? T'es vraiment chanceuse, t'sais...
Moé, avec la mère que j'ai, oublie ça, ils me laisseront jamais
retourner là.

— Est si pire que ça ?

— Hahaha ! Est pire que pire que ça.

L'avocate se leva et interrompit les jeunes filles. C'était enfin
leur tour.

— Bon ben, bonne chance, Stéphanie ! J'espère qu'on va se
revoir un de ces jours.

— Bonne chance, toé aussi, Jeanne !

Le Journal de Jeanne

Montréal, 17 janvier 1985

OH NON.

Non non non non non non non non non non non non non
non non non non non non non non non non non non non
non non non non non non non non non non non non non
non non non non non non non non non non non non non
non non non non non non non non non non non non non
non non non non non non non non non non non non non
non non non non non non non non non non non non non
non non non non non non non non non non non non non
non.

C'est impossible, je veux trop pas. Ils peuvent pas me faire
ça.

Non non non non non non non non non non non non non
non non non non non non non non non non non non non
non non non non non non non non non non non non non
non non non non non non non non non non non non non. Oh
Mon Dieu Non.

Je comprends trop pas. Elle braillait, ma mère, la première fois, quand j'ai demandé au juge de me placer. Elle braillait tellement elle voulait pas.

NOOOOOOONNNNNNNNN!

Comment ça se peut que ma mère me fasse ça?

Pis là… je suis supposée faire quoi, moi, là?

Oh, mon Dieu, ça se peut tellement pas. J'aimerais mieux crever que ça, ça se peut trop pas.

Montréal, 18 janvier 1985

J'ai braillé toute la nuit, je pense. En tout cas, je me suis réveillée pis je braillais encore.

Un an, en plus. Pas un autre trois mois. UN AN, carrément. Sont fous. Ils veulent me rendre folle en tout cas.

UN AN, c'est ben trop long, je vais mourir cent fois d'ici là, ça a trop pas d'allure.

Sont malades, sont débiles, sont trop méchants.

Quand le juge s'est retourné vers ma mère – «l'autre Partie», qu'il a dit – et lui a demandé ce qu'elle voulait, c'est un avocat qui a répondu à sa place en disant que Madame souhaitait un placement permanent, à réviser dans un an. Madame! Franchement.

Peut-être que Madame voulait ça, mais pas ma mère, ça se peut pas. Elle a pas dit un maudit mot. Elle m'a même pas regardée, l'estie de Madame déguisée en ma mère. Ou le contraire.

Si au moins je m'y étais attendu, ça serait moins pire. Là, on dirait que je viens de recevoir toutes les banquettes de l'oratoire Saint-Joseph sur la tête, une par une. Pis c'est pas encore fini, les bancs continuent de tomber, à mesure que je me rends compte. Ça fait même pas mal tellement ça assomme.

Mais quand même, que c'est que je vais ben faire ? Un AN. Sont fous.

Pis l'autre vache conne qui a l'air de s'en foutre comme des taches en dessous de ses souliers. Me semble qu'ils pourraient me laisser en paix au moins une soirée. Me semble que ce serait pas la fin du monde ? C'est déjà la fin du monde, estie.

J'ai trop le goût de brailler.

Non, non, non non non non non non non non non non non non non non non non non non non non non non non non non non non non non non non non non non non non non non non non non non non non non non non non non non non non non non non non non non non non no non non non non non non non non non non non non non non non no non non non.

Laissez-moi tranquille, je capote trop.

Montréal, 20 janvier 1985

Je suis de retour au Relais pour un boutte, si je me tiens tranquille. Pfff. Ils me font tellement chier. Ça leur tenterait pas, à eux autres, de me laisser tranquille ?

J'ai même plus le goût d'écrire, ma vie a trop pas de sens tout à coup. Un an. J'en suis revenue depuis deux jours, mais ça change rien au fait que c'est une éternité, c'est quatre fois ce que je viens de passer pis c'était déjà tellement trop long.

Penser qu'en plus, tout ça c'est juste de ma faute. Si au moins je pouvais accuser quelqu'un, mais non, c'était mon idée de génie, ça, de me ramasser ici.

Je suis trop conne. Conne, conne, conne.

Les filles sont fines par exemple. J'aurais pensé qu'elles me riraient dans la face vu que j'étais tellement sûre de sacrer mon camp, mais non, pas pantoute. Ça avait l'air de leur faire de la peine pour moi, justement parce que j'étais trop sûre. Sont fines, mais sont toujours aussi connes à chier, pis là, c'est fini, faut que je me résigne à les endurer. Se résigner. C'est un verbe que je trouve beau mais que j'aime pas.

Écrire. Yark. J'ai plus le goût d'écrire. J'ai plus rien à dire. Je suis comme morte dans ma tête. Morte pour un AN, tiens.

Chapitre court

Lorsque Jeanne put enfin retourner chez sa mère, trois ans et demi plus tard, elle avait presque dix-huit ans, avait connu cinq écoles, quatre centres d'accueil et environ une vingtaine d'éducateurs.

Le Journal de Jeanne

Montréal, 17 avril 1986

Ça fait tellement longtemps que j'ai pas écrit. J'avais le temps, mais j'avais rien à dire. Des journées pareilles, tout le temps, organisées à la minute près. Aucun risque que l'imprévu nous saute dessus.

Hier, je suis arrivée à mon nouveau foyer, mais je ne suis pas encore habituée. Je suis trop gênée. Il y a juste huit autres filles ici. À l'autre centre, on était douze par unité. Trois folles de moins, ça a l'air de rien, mais ça fait toute une différence.

Ici, je vais être un peu libre. ENFIN ! Et en plus, chaque soir je vais avoir le droit de sortir une heure ! T'imagines ? Ben oui, je l'sais... J'pas conne, c'est juste que j'aime ça parler toute seule.

Il me semble que j'ai tout le temps parlé toute seule, depuis que j'suis toute petite, depuis que j'ai commencé à penser. Avant ça, j'm'en rappelle pas. J'me rappelle par exemple qu'à un moment donné dans un champ, j'me suis demandé si je dormais pas debout, comme si je dormais en marchant et que je vivais en dormant. Ça a l'air ben compliqué comme ça, mais c'est quand même ce jour-là que ma vie est devenue plus simple. Quand ça devenait TROP, j'avais juste à me dire que de toute façon j'allais m'endormir, pis que le cauchemar recommencerait juste le lendemain. Quelque chose de même, je ne sais plus trop, mais ça m'avait rendue heureuse d'avoir compris ça. J'avais à peu près huit ans, je pense, mais c'est comme si j'avais zéro an. C'est là que ma vie a arrêté de me faire chier.

J'suis contente d'être ici. De dehors, ça ressemble à une vraie maison, avec une vraie galerie, une porte d'entrée normale, comme chez n'importe qui. Ça fait pas centre pantoute, on a l'air d'une grosse famille de riches, juste de filles ! Comme chez mes parents dans le temps, finalement, avec le double de folles en plus.

J'vais finir l'année à Marquette, l'année prochaine ils vont me changer. Ça me fait chier, mais c'est dans longtemps. Il me reste une couple de mois et on sait jamais, ils vont peut-être se dire que cinq écoles en un an c'est assez, ou même, avec un peu de chance, ils vont se dire que c'est trop. Mais je compte pas vraiment là-dessus, sont tellement caves quand tu les sors de leur livre. Leur livre, il dit qu'il faut suivre le groupe, le troupeau, quitte à se pitcher en gang en bas d'un gros truck. *Anyway*, j'veux pas avoir l'air de déprimer, j'suis super de bonne humeur.

J'espère que Yannick va VRAIMENT donner mon numéro à David, j'espère surtout qu'il va m'appeler. On a le droit à deux quinze minutes de téléphone par semaine, c'est cool. Surtout qu'ici, on n'est pas obligé d'avoir une éduc dans le cul qui écoute tout ce qu'on dit.

David... J'sais pas quoi écrire sur lui, il me semble qu'il y en a trop à dire, que j'remplirais un cahier juste avec ses qualités... Y'est tellement, tellement BEAU... Ahhhhh!

Il est doux, David. Il s'est pas jeté sur moi comme un cochon, tout de suite. Pas comme l'autre brute de Réginald pis ses amis. Des vrais cochons, ceux-là. C'est poche.

En tout cas, ma mère devrait être contente, elle doit se dire qu'un mulâtre c'est moins pire qu'un Noir... Elle est drôle, ma mère, elle jure qu'elle est pas raciste, mais l'idée de voir sa fille chérie avec des nègres l'écœure ben raide. Sa fille chérie mon cul, elle veut plus rien savoir de moi. Ça tombe bien parce que moi non plus.

Montréal, 18 avril 1986

Les éducs m'ont fait signer un papier. Je m'engage à ne pas essayer de me sauver d'ici! Ben oui, t'sais... Ah bon? Vous avez un papier? Je r'viens tout de suite, s'cusez!

J'espère qu'ils sont moins cons qu'ils pensent qu'on l'est, sinon ça fait dur rare. En plus que personne a l'air de savoir écrire. Je suis en secondaire quatre et je passe mon temps à entourer des fautes aussi connes que des participes passés. Ils en accrochent partout en plus, un mémo par ci, une feuille de route niaiseuse par là. Une feuille de route ! Franchement ! J'suis à peu près certaine que toutes les filles écrivent n'importe quoi, comme moi… Qui c'est qui a envie de conter sa vie à une feuille de route verte, pleine de fautes en plus ?

Ça les fait chier, mes ti-ronds rouges sur les mémos affichés. Ben moi, c'est les fautes qui me font chier. Il me semble qu'ils devraient être plus intelligents que ça, vu qu'ils font ce qu'ils veulent avec nous autres. Au moins plus intelligents que nous autres, en tout cas. C'est épeurant…

De toute façon, j'ai pas l'intention de me sauver, même avec un papier aussi niaiseux. J'ai tout sauf envie de retourner à Ste-Do. Ils m'ont dit que c'est ça qui m'arriverait. Quand j'étais au Relais, c'était pas de ma faute, j'étais juste plus capable. C'est ben beau enfermer quelqu'un, mais de là à l'enfermer avec une gang de débiles, faut pas charrier non plus, comme dirait ma grand-mère.

Au Relais, on n'avait jamais le droit d'être toute seule, jamais le droit de pas être occupée ; activité, activité, tout l'temps une câlisse d'activité… C'est sûr qu'à un moment donné… À un moment donné, tu te dis que même rien ce serait encore trop, pis là c'est le temps de sacrer son camp ; en tout cas moi, j'ai sacré mon camp.

Ma dernière fugue était juste trop cool, c'était comme si je jouais dans un film. Toute une semaine à descendre des petits bouts de bagages pour les cacher dans mon casier, toute une semaine à me demander tout sauf où aller, bref toute une semaine à chanter d'avance la liberté. Maudit que j'ai couru vite, pis longtemps. Le plus bizarre, c'est que j'étais même pas essoufflée. On aurait dit que j'volais.

Pis le reste… C'est quand même pendant ma fugue que j'ai connu mon BEAU DAVID. Maudit que c'est plate que la police m'ait pognée. J'aurais passé ma vie chez lui, dans ses bras doux. Ma vie… Hahahahahahahaha ! Je commence à m'en foutre pas mal, de ma maudite vie plate.

Montréal, 22 avril 1986

L'activité vient de finir. C'était pas si pire, fallait juste jouer au ballon chasseur. À part le réchauffement, ça a passé vite. À l'autre centre c'était l'enfer, aussitôt qu'une activité finissait y'en avait une autre qui commençait. Tout l'temps. Comme si une seconde d'ennui pouvait nous démolir ou nous transformer en monstres. Peut-être qu'ils ont peur qu'on foute le feu à la baraque sans même penser à sortir avant. Franchement ! On va sortir, qu'ils s'inquiètent pas.

Parlant de monstre, y'a une fille ici qui s'appelle Annabelle, j'pense qu'elle est plus vieille que moi, elle a l'air un peu bizarre. Quand je suis arrivée et qu'elle m'a vue, on aurait dit que sa face s'est jetée sur moi du bout de la table, comme pour me voir de près sans se déplacer. En tout cas, elle porte mal son nom, j'ai rarement vu une fille aussi laide! Trois mentons, des grands yeux de vache pas contente, la peau comme grise; elle a des beaux cheveux par exemple, mais c'est vraiment tout ce qu'elle a. On dirait plus une guenon mélangée avec une chèvre qu'une fille, quelque chose de même... En tout cas, on dirait qu'elle m'haït en estie, elle a toujours l'air bête quand elle me regarde. Remarque, c'est peut-être son air naturel. C'est la plus ancienne ici, ça fait deux ans qu'elle est là. Peut-être qu'à la longue on devient toutes comme elle...

J'me demande pourquoi elle est ici, elle a l'air moins bum que les autres...

Mon heure de sortie est dans cinq minutes! Ça fait drôle... Je sais pas encore ce que je vais faire, je pense que je vais me promener autour.

Montréal, 26 avril 1986

Je suis contente d'écrire; mon grand-père avait raison, ça me fait me sentir mieux, quasiment bien. Pis les points-virgules, j'trouve ça cool. Si je faisais de la poésie, je mettrais des points-virgules partout, partout, partout. C'est beau, pis ça laisse deviner que ça finit pas platement comme un point. J'aime bien les trois petits points aussi, pour la même raison. Ouin, si j'étais poète (mais y'a pas de danger, j'haïïïïs la poésie) je mettrais juste des points-virgules pis des trois petits points. Pour l'espoir, genre.

Parlant de mon grand-père, mon éducatrice m'a dit que je pourrais peut-être aller le visiter de temps en temps, la fin de semaine. Elle va en parler en réunion. C'est lui qui me l'a proposé quand je l'ai appelé ; moi, j'aurais jamais osé lui demander ça ! J'espère juste qu'il m'a pas dit ça seulement pour être gentil... mais ça me surprendrait, c'est pas son genre. En tout cas, ça serait trop coooool d'aller voir mon pèpèye !

J'espère que Jessica va m'appeler. Ça fait vraiment longtemps qu'on s'est pas parlé, plus qu'un an. J'espère qu'elle va se rappeler de moi. C'est Julie qui est supposée aller lui donner mon numéro. C'est sûr que moi, je peux pas lui téléphoner, son père-la-grosse-truie me raccrocherait direct au nez, comme le gros con qu'il est. Qu'est-ce tu veux faire ? Y'est dans police... C'est pas des farces, même mon père a l'air smatte à côté de lui ! Faut l'faire !

Mon père, il ne nous fait plus chier, maintenant, c'est fini tout ça. Je ne sais pas trop où il est, ma sœur dit qu'il se cache, ça s'peut... Il est peut-être mort aussi, on sait jamais.

Il y a à peu près deux ou trois ans, j'étais sûre et certaine que quelqu'un allait le descendre. On était dans une taverne. Ben oui, dans une taverne... il est tellement brillant, mon père, il a l'air de trouver qu'un trou de soûlons c'est l'endroit rêvé pour un après-midi avec ses filles. En tout cas. On jouait au pool, Julie et Chantal aussi étaient là. Un moment donné, il y a deux grands Jack qui sont entrés, habillés en cuir des épaules aux talons, avec des grosses chaînes en métal qui leur sortaient des poches ; y'ont pas dit salut à personne, ils sont allés directement sur mon père.

C'est con, je pensais que mon père était grand ! Je sais pas pourquoi, mais j'aurais dit qu'il mesurait au moins six pieds. En fait, mon père, c'est un minus ; il fallait le voir lever la tête pour leur parler. Ça faisait vraiment bizarre parce qu'il la baissait en même temps, je ne sais pas trop comment expliquer...

Il avait peur en tout cas, c'est certain, ça paraissait trop. Quand les quatre gros bras sont partis par exemple, wow ! la transformation ! Une chance que son linge était slack, sinon il lui aurait décousu sur le dos ! « Pfff ! qu'il faisait, si y pensent qu'ils m'énarvent avec leur gros bras, y m'connaissent pas ! »

Ouais, peut-être qu'eux autres ils te connaissent pas, mais nous autres, on te connaît, pis franchement, c'était gênant ! Avoir peur, c'est pas grave, mais faire le gros-cave-qui-a-peur-de-rien comme un estie de tata APRÈS, ça fait con. J'te l'jure, il shakait comme une fille quand les deux gars étaient là. Un minus. Mon père est un vrai minus.

Ouin, y'est tard pareil! Bonne nuit, mon Journal. Et merci.

Montréal, 27 avril 1986

La fille qui est dans la même chambre que moi, finalement, elle est pas si pire. Elle est pareille comme une chaise, elle me parle presque pas, pis elle est toujours rendue en bas. J'pense que tout ce qu'elle fait dans notre chambre, c'est dormir, pis tout ce qu'elle fait dans la vie, c'est regarder la télévision. C'est tripant, ça me fait comme une chambre à moi toute seule.

Je suis allée fumer un joint au parc toute seule, mais rendue là y'avait deux autres filles d'ici, ça fait qu'on a fumé ensemble.

J'en r'viens pas quand j'y pense, que moi, Jeanne Fournier, je fume du hasch! Il me semble de voir ma sœur tomber sur le cul, ma mère se mettre à capoter, mon grand-père devenir fou; j'étais tellement contre ça, plus qu'eux autres, probablement.

Tiens, ça me ferait un bon sujet, ça: le jour où, désespérée, je me suis jetée dans la grosse drogue méchante!

Dans le fond, ce qui me fait le plus rire, c'est pas d'en fumer, c'est d'avoir pensé que ça pouvait me transformer en mon oncle Alain, le plus beau et gentil du monde un soir, le plus dégueu le lendemain ; j'pense qu'il devait prendre des affaires pas mal plus fortes que les joints qu'il fumait dans la cour. Franchement ! Ça s'peut pas...

Hey ! J'suis fatiguée, j'm'en vais me coucher. De bonne heure ! Comme je veux ! J'en reviens pas, peut-être que la vie est pas si pire, finalement...

Montréal, 28 avril 1986

Trop bizarre que j'aie parlé de mon oncle Alain hier. Il est mort. Il est mort hier soir. C'est ma mère qui m'a appelée, pis les éducs ont insisté pour que je réponde, cette fois-ci.

Il est mort, j'en reviens pas.

Il a été trouvé dans son bain. Ils savent pas encore s'il s'est suicidé, s'il a été tué ou si c'est juste un accident. Ma mère capote, elle arrête pas de brailler. C'est le seul qu'elle aimait dans ses frères, faut dire, mais ça l'empêchait pas de l'aimer vraiment beaucoup.

Il est mort, j'en reviens pas. J'avoue qu'il était vieux, autour de quarante ans, mais il paraissait pas son âge. Mon mononcle Alain a toujours eu l'air d'un jeune. Un jeune magané, mais un jeune pareil.

Ça a ben l'air que je vais être obligée de revoir ma mère. Pour les funérailles. Ça me fait drôle.

Ça me fait bizarre aussi de pas être triste plus que ça. Je suis surtout surprise, comme si je m'en rendais pas compte. Mais je m'en rends compte, puisque je l'écris.

Je l'aimais Alain, il est resté chez nous tellement longtemps. Mais je sens rien. Je suis peut-être rendue un vieux bloc de glace frette qui sent pu rien. Tant mieux dans un sens, j'en ai plein le cul d'être tout le temps en train de capoter.

Montréal, 30 avril 1986

Ce soir, j'écris de la salle de lavage. Je suis assise par terre, le dos appuyé sur la sécheuse, parce que c'est le seul moyen d'avoir la sainte crisse de paix. La chaise muette est partie dans un autre centre, c'est une Annie qui est rendue dans ma chambre. Eh tabarnac. Annie, c'est assez simple, c'est une horreur sur pattes, aussi courte que conne : c'est pas rien, elle mesure pas cinq pieds. Comme si c'était pas assez, elle a une voix tellement forte et tellement pointue que même si elle ne parlait pas tout l'temps, je suis sûre qu'elle me taperait sur les nerfs quand même. Vraiment, c'est difficile de l'endurer. Pis elle se trouve drôle, c'est pas possible, elle rit de ses jokes tellement fort qu'elle entend pas qu'il y a juste elle qui rit. Une estie de tache, comme dirait ma sœur Julie...

Au début, je l'aimais bien. On est allées une couple de fois dans des danses à son école, c'était l'fun. Des danses dans l'après-midi, le samedi, mais ils ferment toutes les lumières pis ils bouchent toutes les fenêtres, ça fait qu'on dirait qu'on est le soir. Elle tripait sur un Éric. Elle me l'a présenté. C'est con, il s'est mis à triper raide sur moi. Pauvre Annie.

Pauvre Annie, mais c'est quand même elle qui a insisté pour que je danse avec lui, pis que je le revoie. Finalement, ce qui devait arriver arriva, je suis tombée amoureuse d'Éric aussi.

La p'tite crisse. Je lui ai demandé mille fois pourquoi elle faisait ça, elle m'a répondu mille fois que ça la dérangeait pas pantoute. Ben oui, me semble… En tout cas, y'est trop tard, je sors avec lui maintenant. Tant pis.

Il est pas si beau que ça, mais il est très grand et surtout tellement fin avec moi que je trouve que c'est le plus beau gars du monde.

Ça fait drôle d'avoir un vrai chum. Je me sens toute importante, tout d'un coup.

Y'a des jours comme aujourd'hui où je suis COMPLÈTEMENT écœurée de vivre avec une gang de filles, avec une gang tout court en fait. Comme là, en ce moment. Si je pouvais sortir juste pour aller me promener, j'm'en foutrais d'la tache, j'la verrais pas. Ben non, ici c'est réglé pas changeable, il faut attendre vingt heures pile, le pied dans la porte, comme un troupeau de tartes. J'suis trop tannée, ben trop, trop tannée.

Montréal, 2 mai 1986

Bon ! Je sais plus pourquoi je voulais écrire. Peut-être que je voulais juste me retrouver toute seule…

Hier, je suis allée aux funérailles de mon oncle Alain. Tout le monde était drôle. Y'avait comme pas d'unanimité. Ma marraine faisait son show comme d'habitude, y'en avait qui braillaient, d'autres qui riaient, d'autres qui avaient l'air de s'en crisser comme de l'an passé. Ma mère faisait vraiment pitié, tellement que j'ai laissé faire la chicane. Ça a pas l'air le fun de perdre son frère. Je sais pas ce que ça fait, j'ai juste des sœurs.

Tout le monde meurt, un jour ou l'autre. J'ai hâte que ce soit mon tour. Ceux qui ont la vie la moins plate, c'est juste parce qu'ils l'ont plus courte.

J'ai le goût de demander à ma sœur Nathalie si je pourrais pas aller chez elle pis son chum de temps en temps, pis tant qu'à y être, à ma grand-mère aussi. L'éduc m'a dit que tant que je proposais du monde de la famille, ça pouvait aller.

Y'aurait aussi ma marraine, mais elle est trop ivrogne, ça finit par devenir fatiguant. Elle parle, elle parle, elle arrête jamais de parler. Pis on dirait qu'elle ne se souvient plus que ses enfants, c'étaient des crottés ; elle s'est réinventé une espèce de passé de mère parfaite avec des enfants parfaits. J'les aimais ben mes cousins, mais faut pas charrier non plus, c'était loin d'etre des enfants de chœur. Faudrait l'appeler Sainte-Georgette avec ça ? Georgette-la-grosse-soûlonne, plutôt. Ou la-grosse-soûlonne-tout-court, ça sonnerait pas pire aussi.

Mon grand-père aussi il boit, mais au moins il reste tranquille, il reste assis surtout. Ma marraine, elle, elle bouge, elle danse, elle déplace tellement d'air que même si tu bouges pas t'es étourdi pareil. Mon grand-père, il reste assis pis il parle pas ; c'est deux contraires, ces deux-là ! Pis, disons que je préfère me taire avec mon grand-père que d'être réduite au silence par ma marraine, c'est comme pas pantoute la même affaire.

Bon. On dirait que j'écris pour rien dire, que j'allonge juste pour ne pas arrêter. Y'est presque huit heures, je vais me préparer un joint pour aller me promener.

Montréal, 5 mai 1986

Ce soir, on avait une sorte d'atelier psycho bonbon, paraît qu'on va s'en taper une fois par mois. Ça dure deux heures la *shot*. C'est pas que j'aime pas ça, c'est juste que les filles pompent comme des malades, que les éducs en rajoutent, pis que moi la tarte qui fume pas, j'étouffe ben raide.

Aujourd'hui, il fallait jouer à un jeu niaiseux. Tant qu'à moi ça vaut aussi bien qu'un jeu sérieux : c'est aussi plate, mais ça passe le temps. Mais me faire enfumer comme dans l'auto dans le temps de mes parents, j'aime pas ça. J'aime pas ça pantoute.

Je pense souvent à « avant » ces jours-ci, je m'ennuie de ma mère, je m'ennuie de ma sœur Julie. Y'a rien qui me manque en particulier, c'est en général que ça me vide. Une chance que j'me rends pas compte que c'est fini pour de bon, j'pense que j'le prendrais juste pas. Ça a juste trop pas d'allure.

Parce qu'il me reste au moins ça, y'a rien ni personne qui peut arriver jusque-là, j'ai encore le droit d'imaginer ce que je veux. C'est pas vrai tout ça, c'est pas plus vrai que quand je rêve, pis un bon matin je finirai ben par ne pas me réveiller. Me lever, mais pas me réveiller ; ça s'en vient je pense, je suis de moins en moins là. Quand tu fais ce qu'ils te disent de faire, ils te foutent la paix pis tu peux rester sagement dans ta tête. C'est pas comme à Ste-Do où ils cherchaient les bibittes tout le temps.

Ma mère. J'en reviens pas d'avoir pu lui crier autant de noms par la tête. De toutes les femelles d'animaux que j'connais, j'ai pas dû en oublier beaucoup, comme elle quand elle engueulait mon père ou qu'elle était fâchée après nous autres. J'en reviens pas parce que je trouvais ça laid. J'aimais pas tellement ça, ces moments-là.

Mon père, je l'haïs, mais pas ma mère. Je l'aimais tellement avant, j'comprends pas ce qui a ben pu se passer, j'comprends pas que j'reste plus là, avec elle, pour vrai. L'autre jour, elle m'a expliqué au téléphone que la travailleuse sociale, Suzanne-j'sais-pu-trop-quoi, avait dit que c'était pour le mieux de tout le monde, y compris le mien.

Fuck.

C'est mieux que quoi au fait ? Je suis pas bien, estie. Pourquoi personne s'en rend compte, pourquoi personne fait rien ?

C'est donc ben *tough* avoir seize ans.

J'ai même plus envie de me sauver, on dirait que ça servirait à rien même si j'avais une place où aller. Une chance que j'ai ma tête. Pis Éric.

Montréal, 22 mai 1986

Y'a une fille, Céline, qui est plus mon amie que les autres. C'est la seule à qui je parle sans raison particulière, juste parce que ça me tente. C'est elle qui a commencé ça, elle m'a écrit une lettre l'autre jour pour me dire qu'elle trouvait que j'avais l'air cool. Je n'ai pas répondu à sa lettre, mais je lui ai dit qu'elle avait l'air cool elle aussi. C'est pas vrai, mais ça lui a fait plaisir. En fait, « c'était » pas vrai, je lui trouvais l'air bête avant, mais plus maintenant. Elle a l'air moins fuckée que les autres, pis elle m'a raconté son histoire, c'est pas si pire. Sa mère boit comme un trou, c'est plate j'avoue, mais au moins elle a pas de père, elle l'a jamais connu. Il serait mort à la guerre pendant qu'elle poussait dans le ventre de sa mère, une affaire de même. Moi, franchement, je crois plus ou moins cette partie-là, mais n'empêche, mort ou pas y'a personne qui a passé sa vie à les faire chier.

C'est l'fun parler avec elle, on dirait qu'elle m'écoute pour vrai, même si elle a souvent l'air de me trouver tarte. Elle est plus vieille, c'est normal qu'elle en sache plus, ça me dérange pas. Franchement, ça me dérange même vraiment pas ; c'est trop cool d'avoir une amie ici, c'est presque comme avoir encore une sœur.

Montréal, 2 juillet 1986

Ça y est. Éric pis moi, on l'a fait. Il a attendu deux mois, je savais même pas que ça se pouvait. Il m'aime pour vrai, je l'aime pour vrai, c'est… c'est… c'est… merveilleux. Voilà.

Je suis sa première. Il veut pas le dire, mais je le sais, ça paraît. J'aimerais ça qu'il soit mon premier aussi. Mais y'est comme un ti-peu trop tard pour ça… Pas grave, c'est quand même mon premier amoureux pour vrai. Y'a eu David, mais c'est chien, il m'a jamais appelée après mon histoire de fugue. Il a eu peur de la police, je pense. Et David, il avait attendu juste trois jours. Quand j'y pense maintenant, je trouve ça court.

Ahhhhhhhh! Mon Éric est trop cool. Il me fait trop du bien. Je vais le voir dans dix minutes! Trop hâte...

Montréal, 15 juillet 1986

J'ai parlé à Julie pendant mon quinze minutes de téléphone. Ça m'a comme rendue *down*...

Toute la famille est allée faire un pique-nique. Pis pas n'importe où, dans mon parc préféré quand j'étais petite, le parc Lafontaine. J'aimais tellement ça, aller jouer là. Y'avait un gros labyrinthe, une sorte de château en ciment, je me suis tellement amusée là-dedans. Je m'ennuie de quand j'étais petite, je pense.

Ma mère est allée, mes sœurs, ma grand-mère, ma marraine pis deux de mes oncles. Y'a juste mon grand-père dans les personnes que j'aime qui est pas allé. Il est malade, il paraît. J'espère que c'est pas grave. Faudrait trop pas qu'il meure.

Ah, je me sens donc pas bien... Ça sert à rien que j'écrive, on dirait que ça rend ça pire encore. Bye.

Montréal, 20 août 1986

On revient d'une semaine de cyclo-camping. C'était tellement poche. Suzanne, l'éduc qui a un mode d'emploi à la place du cerveau, je peux vraiment plus la sentir. Elle est trop conne, la tabarnac.

Me semble que ça pourrait être cool, du camping normal. Ben non, on peut pas être normales, nous autres, faut toujours qu'on soit comme un mouton pas de tête, comme une chose qui n'a aucune envie propre, comme une gang de débiles qui trouve ça donc cool de se lever à six heures du matin pis commencer à pédaler avec les yeux encore collés.

«Soyez positives, les filles!» Ben oui, t'sais, on a tellement envie d'être joyeuses quand on est pas réveillées. C'est n'importe quoi. Des tâches dans le bois! Pis quoi encore? Laissez-nous nous organiser, laissez-nous vous montrer qu'on n'est pas aussi arriérées qu'on en a l'air, ciboire.

Me suis ennuyée d'Éric toute la semaine. Pourquoi ils me laissent pas faire ce que j'ai envie de faire? Je dérangerais pas personne, me semble.

Je commence à être écœurée ben raide de vivre de même. Vivre! Quel grand mot qui a pas rapport. C'est pas une vie de se retrouver peinturée en dessous de la tapisserie.

Montréal, 6 septembre 1986

J'écris moins, mais je parle plus, c'est toujours ça! Céline est partie la semaine dernière en appartement supervisé. Ça m'écœure, mais c'est l'fun en même temps, j'vais pouvoir aller faire des tours chez elle entre deux cours. C'est pratique le cégep, j'ai juste à dire que j'ai un travail d'équipe pis mon éduc me laisse aller. Là-bas, c'est plate, mais j'vais pas à la moitié de mes cours, pis ceux auxquels je daigne assister, j't'écris pas dans quel état je suis, j'en serais incapable! Vive le hasch en tout cas, ça te change un prof ennuyant en une autre matière, c'est pas trop long! Les autres étudiants ont l'air vieux comparés à moi, j'ai hâte d'avoir l'air plus vieille que douze ans.

Dans le fond, c'est plus ça qui fait que je ne vais pas aux cours, j'trouve que j'ai pas rapport. Hey! Ici y'en a qui sont en appartement avec leurs amis, d'autres qui ont de la barbe, pis moi, avec ma face de bébé retardé, faudrait que je raconte que je demande la permission à l'État chaque fois que j'ai le goût de respirer! Crisse, c'est ben trop gênant.

Pis avec Éric aussi ça devient bizarre, on dirait que ça le dérange d'être plus vieux que moi mais d'être encore au secondaire. Il s'imagine toutes sortes de conneries, ça devient fatigant. Tout ce qu'il a envie de faire quand on se voit, c'est de me poser des questions, des questions, et encore d'autres questions. Si j'avais des réponses, peut-être qu'il me ficherait la paix, mais j'en ai pas. «C'est qui, lui? Pourquoi il te regarde de même? Tu lui fais des signes ou quoi?» C'est pas mêlant, il voit d'autres gars partout, je sais quasiment jamais de qui il parle. Mais il me croit jamais. J'ai ben des défauts, je le sais, mais je ne suis pas menteuse pour cinq cennes. Je trouve ça niaiseux de mentir de toute façon. Ça sert à rien.

L'autre jour, il m'a piqué une drôle de crise. Il voulait que je lui dise « Je t'aime ». C'est con, mais j'étais pas capable. Je disais juste : « Ben oui, tu le sais. » Mais j'arrivais pas à le prononcer. Je voulais lui dire pourtant, mais ma bouche voulait pas, ça sortait pas.

Ça a mal fini. Je suis sortie de sa chambre pour aller me chercher un verre d'eau, pis quand je suis revenue, il était en train de s'étouffer avec une cravate. Sa face était toute rouge et ça faisait sortir ses boutons. C'était affreux. Je suis partie à brailler pis je l'ai détaché, mais rien à faire, je pouvais pas lui dire « Je t'aime ». Estie que je me trouve bizarre. Je peux l'écrire mille fois, je t'aime, je t'aime, je t'aime, je t'aime, mais je suis pas capable de le dire. J'ouvre la bouche, mais j'y arrive pas, ça sort pas, ça sort juste pas. Pis Éric, il comprend pas ça. Moi non plus d'ailleurs, je comprends rien. Il pense juste que je l'aime pas pour vrai. Merde, merde, merde. C'est donc compliqué de se sentir bien.

Montréal, 8 novembre 1986

Victoire ! Personne ne pourra plus m'étouffer ! F-i-n-i ! Ça leur apprendra à me faire chier…

C'est tellement simple, c'est con que j'y aie pas pensé avant ; il faut dire qu'on nous informe pas mal plus souvent de nos obligations que de nos droits, mais quand même, maintenant que c'est évident, c'est comme si ça l'avait toujours été. J'étais juste trop stupide pour y penser.

Peu importe : Victoire ! Asteure, plus personne aura le droit de fumer pendant l'interminable demi-heure du souper, pas plus que dans les activités et la maudite rencontre de groupe ! C'est-y pas beau ça ? Ça a juste pris une lettre à mon avocate et vlan, une rencontre spéciale de tous les éducateurs, toute une gang de fumeurs sauf un, et une réponse officielle la même semaine. Une réponse positive. J'ai droit à la santé, moi ? Ben mes osties, vous allez me la donner ! C'est trop cool, même si là, tout le monde m'haït. M'en fous, je les aime pas non plus.

C'est pas qu'ils l'ont pas cherché, hein ? C'est la troisième fois que je me tape une conséquence pour pas avoir lavé les cendriers. Crisse ! C'est tout ce que je leur demandais d'abord, juste de pas m'en mêler. La solidarité, clamiez-vous, mes éducatrices chéries ? Dans l'autre sens, j'avoue que c'est d'un tout autre attrait.

Finalement, vive mes cours de droit ! Haaaaaaaaaaa ! Je suis trop, trop contente. On dirait quasiment que j'existe.

Montréal, 18 février 1987

J'ai encore un œil enflé mais ma lèvre s'est réparée, je peux manger maintenant. Les bleus partout, ça va, c'est l'hiver et tout le monde porte des manches longues. Dans deux jours, je devrais pouvoir sortir sans avoir l'air d'une martyre.

J'espère que c'est fini pour vrai, il va me tuer sinon, c'est certain. Pas que ça me dérange de crever, mais je ne veux pas me faire brutaliser.

Il était fou je pense, de moi au début, mais de quelque chose ensuite que je comprends pas. J'ai pas vraiment le goût d'écrire sur lui, j'espère juste que c'est fini pour vrai. J'ai pas le goût d'écrire pantoute en fait, c'est trop mêlé dans ma tête. Pis j'ai vraiment mal partout, même en dedans.

Montréal, 19 février 1987

Mon corps guérit bien mais pas mon esprit, on dirait que j'ai le goût de déprimer. Je vais sortir demain, mais avec toute la peur du monde. Si Éric me retrouve et qu'il ne m'a pas, il me tue c'est certain. Il s'en fout, il se tuerait sûrement aussi. C'est fou un fou. Je jure que c'est le premier et le dernier.

La vie, c'est de la grosse marde.

Éric voulait avoir la moindre goutte de mon être, de mon esprit. Je m'en rends compte aujourd'hui, j'étais dans une prison mentale avec lui. Il voulait trop tout. Il passait son temps à fouiller dans mon agenda, dans mon sac d'école, dans ma tête.

Et moi la conne qui trouvait ça cool d'être avec un gars aussi jaloux. Je me disais : faut qu'il m'aime en maudit pour être aussi possessif, faut qu'il m'adore pour vouloir que je sois tout le temps avec lui. Ben non, c'est juste un fou, estie. Un vrai de vrai débile mental.

Je dois être une malade mentale aussi. C'est pas normal que j'aie enduré tout ça, pas normal que je me sois pas rendu compte qu'il était aussi débile. Asteure que j'y pense, ça fait des mois qu'il démolit ma tête. Tout le temps en train de me dire que je suis donc pas vite, que je suis donc niaiseuse, que je fais donc ma smatte, que je fais tout le temps quelque chose, finalement, même quand je fais rien. Surtout quand je fais rien, dans le fond. Sauf qu'il m'avait jamais vraiment frappée, avant, sauf par accident.

Pourquoi, pourquoi, pourquoi ? Pourquoi ma vie, c'est juste de la marde ? C'est tellement pas juste, j'ai jamais rien fait de mal à personne. Même écraser une fourmi, ça me faisait capoter, quand j'étais petite. Je me disais que c'était pas rien qu'une fourmi, c'était peut-être une mère, une sœur, une amie. Pourquoi, pourquoi, pourquoi ?

C'est con pareil, quand j'y pense. Vu que j'avais dit à personne au foyer qu'Éric me menait la vie un peu dure, je pensais juste à deux choses en marchant, la face en sang et le corps en compote : premièrement, je voulais pas salir le chandail que je portais parce qu'il était à ma *roommate*.

Deuxièmement, je me demandais comment je pourrais bien me rendre à la salle de bains sans me faire voir par les filles et les éducs.

C'était tellement gênant. J'ai honte, honte, honte.

Finalement, ça a pas marché pantoute, mon affaire. J'ai ouvert la porte, je l'ai refermée en essayant de pas faire de bruit, pis pouf! je me suis effondrée. Je me suis mise à étouffer, à brailler comme un bébé. Pis à saigner sur le chandail de mon amie.

Après, je me souviens plus trop trop. Je pense qu'une éduc m'a aidée à me lever, mais je sais plus. Je me suis retrouvée dans un lit, pis à un moment donné, la police est arrivée.

Y'étaient fins, les policiers. J'arrivais pas à parler comme du monde à cause de ma yeule enflée, mais ils avaient pas l'air trop pressés. Je pense que c'est une des filles qui leur a donné le nom d'Éric, moi, je pouvais pas le prononcer.

C'est fou que ça me soit arrivé à moi. Non mais c'est vrai, j'en connais quand même un bout sur les sauvages, mon père sortait tout droit des cavernes. J'en connais assez en tout cas pour savoir que c'est sûrement pas pour rien que ma mère, ma marraine, mes deux grands-mères et mon arrière-grand-mère ont toutes crissé leur mari là. Pis je parle pas de mes tantes et mes grand-tantes, ça finirait plus.

Ahhhhhhhhhhhhhhh!! J'ai trop mal à ma vie. Plus qu'à mes bleus en tout cas.

Ma mère finalement, elle est là. Elle est revenue dans ma vie, je veux dire. J'ai rien dit, je lui ai juste téléphoné. Les éducs sont fins, c'était pas mon jour de téléphone, mais ils m'ont laissé appeler quand même. Elle m'a reconnue sans que je parle.

— C'est toi, Jeanne?

— ...

J'étais pas capable de parler. Quand j'ai entendu sa voix, j'avais trop le goût de recommencer à brailler.

— Ça va pas?

— Non...

Elle est arrivée pas trop longtemps après. C'est elle qui a nettoyé le sang qui restait dans mes cheveux. Elle est restée jusqu'à ce que je m'endorme. « Ma petite Jeannette », qu'elle disait, de la même voix que quand j'étais petite et qu'elle m'adorait. Même si j'avais mal partout, je me suis sentie un instant comme la personne la plus mieux au monde. Je sais, « plus mieux », ça se dit pas, mais c'était ça pareil. C'est fou quand même, je trouve: je me fais péter la gueule par un con et je deviens débile comme une enfant de quatre ans.

Montréal, 21 février 1987

La mère d'Éric m'a téléphoné. Elle braillait pis toute, elle m'a suppliée de la rencontrer. Franchement, elle a pas besoin de s'humilier de même, je m'en fous de la rencontrer, c'est pas d'elle que j'ai la chienne, c'est de son animal de fils de six pieds trois qui me prend pour un *punching bag*. Lui, je veux plus jamais le voir de ma vie. Mais elle, je m'en fous, ça me ferait plaisir de la voir. Je l'aimais bien, et elle m'aimait bien aussi, ça paraissait.

Au foyer, ça roule pas fort. Je pense que je vais entreprendre des démarches pour retourner vivre chez ma mère. La travailleuse sociale est d'accord, ma mère aussi, il faut juste attendre le mois de juin pour que ma deuxième session soit finie. Ça serait l'fun que ça se fasse, mais franchement, j'y crois pas trop.

Montréal, 22 février 1987

Les choses s'arrangent, j'ai pratiquement plus mal nulle part et j'ai fait une sorte de *deal* avec la mère d'Éric. Elle veut pas que son gars aille en prison, et moi je veux la paix. Éric va rentrer dans l'armée. En ce moment, ils le gardent dans un centre de jeunes vu qu'il est mineur, et dans deux mois, il va s'enrôler, quelque chose comme ça. Ça fait drôle de penser que lui aussi, y'est placé.

En tout cas j'ai hâte de déménager, ça peut devenir long des mois à revivre chaque jour le même maudit cauchemar éveillé. Chaque fois que je marche jusqu'à l'arrêt d'autobus,

JEANNE CHEZ LES AUTRES

pendant deux coins de rue je revois la scène comme si elle se re-déroulait devant moi.

J'entends encore le son de son ostie de poing sur mon épaule. À cause de la neige. On entend tout, quand y'a de la neige partout. Un p'tit coup sec comme à la boxe. Pis moi la conne, je me suis retournée pour le regarder, les yeux en forme de points d'interrogation. Erreur. Il a repris son élan et cette fois-là, son ostie de gros poing sale est venu s'aplatir direct sur mon nez et sur ma bouche en même temps. Ça a même pas fait mal tellement il a fessé fort. Ma face a comme gelé, pis ça s'est mis à pisser pis à goûter le sang.

J'ai essayé de me sauver, mais oublie ça, Éric court ben plus vite que moi. Il m'a pognée au coin de l'autre rue, m'a pitchée à terre pis il s'est mis à me kicker comme un fou avec ses grosses bottes en acier. J'essayais de me garder les mains dans la face pour pas me faire péter les dents ou le nez, je sais pas, mais je voulais plus qu'il touche à ma face, ça saignait déjà ben assez. Je criais même pas, j'avais trop peur.

De toute façon, personne m'aurait entendue à cause de la neige. Dehors, t'entends bien, en dedans, t'entends rien. J'ai été chanceuse, finalement, y'a une vieille Italienne qui est apparue un moment donné pis qui s'est mise à hurler. Je sais pas d'où elle sortait, mais Éric s'est sauvé comme le lâche qu'il est et moi aussi. C'est bête pareil, je lui ai jamais dit merci et pourtant, elle m'a peut-être sauvé les dents.

Maintenant que tout le monde est au courant, je comprends même plus ce qui s'est passé, pourquoi j'ai laissé les choses aller si loin. C'était tellement fou, tellement malsain. Et tout ça pourquoi ? Parce que je le trouvais beau et fort ? Même pas, il est pas si beau que ça.

Parce qu'il s'intéressait à moi, une niaiserie dans ce genre-là. C'est vrai, c'est la première fois que quelqu'un m'aime à ce point-là. Comme si j'étais tout, tout, tout pour lui. Sauf que si c'est ça l'amour, je préfère encore la lecture.

C'était la troisième fois que je quittais Éric dans les deux derniers mois. Il capotait. Quand il capote, il braille. Pis si l'attendrissement marche pas, il gronde, il finit par rugir et SE saute dessus. Il se saute dessus lui-même, faut-y être assez fou ? Il se rentre la tête dans le mur, des affaires de même. Pis ben... des fois, rendu à ce point-là, je me pognais des coups par accident. Ben... accident dans le sens où c'était pas vraiment Éric qui me tapait dessus. Ces fois-là, il était comme son double, une sorte de possédé. Mais y'a des limites à avoir tout le temps peur de l'ombre de ton chum, il me semble.

Ou je m'enfermais au foyer, ou j'étais sûre de le croiser pendant mon heure de sortie, dès les premières minutes. La seule fois où j'ai tenu le coup une semaine et demie, ça a fini dramatiquement, sur le balcon de ma chambre, au deuxième étage.

La gardienne de nuit l'avait entendu grimper, elle est entrée dans ma chambre avec sa grosse lampe de poche. Lui, il a carrément sauté en bas, dans la haie. Un fou, un vrai de vrai fou.

Le lendemain, les policiers avaient retrouvé son couteau – «l'arme de l'agresseur», ils disaient –, mais j'avais rien dit, j'ai fait comme si je savais pas c'était qui. Je l'avais pas écrit non plus, j'avais peur que la police ou une éduc trouve ça pis que ce soit moi qui me fasse enfermer. Pour ma protection. Pfff!

J'étais de toutes les façons faite comme un rat dans une sécheuse. Rien ni personne, surtout pas un bonhomme habillé en police, n'aurait empêché Éric de me suivre pour me démolir.

Ma vie, je trouve qu'elle est pas facile. Je sais pas comment les autres filles font. Je commence à trouver ça pas mal dur.

Faudra que je le dise à l'éduc, c'est vrai que ça fait du bien d'écrire tout ça. Ça me sort un peu de marde de la tête, en tout cas.

Au fond, je devrais être contente. Maintenant c'est fait, c'est fini pour vrai. Ça aurait pu se terminer autrement, mais il m'aurait tuée, c'est certain.

Eh que je suis donc contente!

Ouin.

Montréal, 12 mai 1987

Salut, mon p'tit Journal! T'en reviendras pas! En tout cas, moi, j'en reviens pas. Céline prend – tiens-toi bien – de la coke! Elle! En tout cas, ça paraît pas, elle ressemble pas pantoute à mes oncles quand elle est gelée.

Je me demande combien de conneries encore j'ai appris de même. Si ça, c'était pas vrai, le reste l'est probablement pas plus. J'entends encore l'ancien pouilleux bâti comme une armoire qui nous disait ceci cela, à quel point c'était dangereux, quasiment mortel! Les professeurs qui s'effrayaient, les éducateurs qui en rajoutaient! Mon cul, oui! En tout cas, vendredi soir, on sort, et c'est sûr que j'essaie ça, moi avec. Céline! J'te dis, une chance qu'elle existe celle-là! Sans elle, je ne saurais vraiment rien de rien. La santé... ben oui, pis quoi encore?

Montréal, 20 mai 1987

Je pense que ma vie va vraiment changer, enfin. Grâce à la drogue.

C'est même pas une joke, je pense que je viens de faire connaissance avec le paradis, et le plus drôle est que ça ressemble à s'y méprendre à la réalité. C'est juste la façon de regarder qui change, pis qui change pour le mieux, fie-toi sur moi!

En fait, ça m'a rien donné de plus, mais la gêne que ça a pu m'enlever, tout d'un coup, clac! instantanément, c'est pas croyable. Une ligne que ça prend! Je sais pas si mon éduc est au courant, mais une ligne de poudre fonctionne pas mal mieux que cent lignes de prose pour me faire parler; elle qui s'acharne à me disséquer le mental, elle devrait m'en donner! Elle n'en finirait décidément plus de remplir des papiers!

Ça coûte cher par exemple, mais c'est pas grave, Céline travaille dans une pharmacie. Elle est caissière, elle pique tout l'argent qu'il nous faut pour triper directement au comptoir.

Franchement, je n'ai plus envie de me plaindre. La vie est vraiment pas si pire, finalement.

Montréal, 22 juin 1987

Je ne sais pas pourquoi je viens de déchirer le mois qui vient de passer, je ne sais pas non plus pourquoi je me suis arrêtée avant de tout détruire, encore moins pourquoi je continue d'écrire. Décidément, ça en fait, des pourquoi.

Dans deux jours, je retourne vivre chez ma mère. Ça fait bizarre. Je l'ai longtemps voulu, mais maintenant que ça arrive, on dirait que ça ne me tente plus, comme si c'était plus cool de vouloir que d'avoir, je sais pas trop, je comprends rien.

Ma mère, je ne la connais plus, elle a trop changé. On dirait qu'elle fait exprès de me parler doucement, ça sonne pas naturel, ça sonne comme une éducatrice.

Je suis devenue une étrangère pour elle. Avec les inconnus, ma mère est toujours gentille, je l'ai jamais vu avoir l'air bête sans raison, en tout cas sans explications, devant quelqu'un qu'elle connaissait pas. Alors qu'avec moi, depuis que j'ai sept ou huit ans, elle se gênait pas mal moins, disons. « Estie d'enfant de chienne ! » c'était son préféré. Ça m'a fait cramper de rire le jour où je me suis dit qu'elle me traitait juste d'enfant et que c'était elle la chienne. De toute façon, elle était tellement plus raide avec mon père que ça sonnait comme des ti-mots doux de rien du tout. On s'habitue à tout.

Ça fait juste bizarre parce que j'pense que j'aimais mieux ma mère quand elle me traitait de noms, même les plus laids, parce qu'au moins je la reconnaissais, c'était vraiment à moi qu'elle parlait. Ah, pis je le sais pas, je dis vraiment trop n'importe quoi…

J'arrête. J'aimerais ça comprendre ce que je sais.

DIX-NEUVIÈME TABLEAU

L'agonie de Raoul Hamelin

Deux ans plus tard…

Montréal, novembre 1988

Raoul Hamelin subissait sa toilette. Deux sarraus s'affairaient autour de lui, le geste précis, peu bavards. L'un maintenait le vieillard tandis que l'autre le lavait, le rinçait et l'essuyait du même élan, sans brusquerie mais sans douceur. Cinq minutes suffirent aux deux hommes pour faire le tour du petit corps sec et sexagénaire et lui rendre son teint vert propre original.

Raoul Hamelin se laissait manier, les yeux clos, les membres détendus, un sourire vague aux lèvres. La morphine lui était prescrite depuis une semaine, ses sensations n'étaient plus ni physiques ni douloureuses. Le vieillard appréciait au-delà de toute description cette sensation de flotter, en léger décalage avec son corps, détaché de sa douleur et de son lit, témoin plutôt qu'acteur de ce qui lui restait de vie.

Le moribond reconnut le pas de sa petite-fille avant de la voir arriver. Il imagina son gros ventre, sa démarche de palmipède, mais surtout le sourire qu'elle apporterait comme chaque jour. Jeanne avait toujours l'air ravie de lui tenir compagnie.

Le pas se rapprocha et Jeanne entra. Raoul Hamelin fit semblant de dormir, pour le plaisir de la regarder et de la voir en même temps. Sa vue, mauvaise depuis toujours, avait terriblement baissé ces derniers temps, et Raoul ne percevait plus les détails pour peu qu'ils fussent éloignés d'un bras.

Le vieillard entendit sa petite-fille s'asseoir, fouiller dans un sac puis feuilleter un livre. Lorsqu'il fut certain que Jeanne était plongée dans sa lecture, le grand-père ouvrit les yeux et la contempla à son insu.

Jeanne avait toujours été, des quatre filles d'Élizabeth, sa préférée. Elle l'écoutait, et surtout le questionnait. Sur tout. Devant la jeune fille, Raoul Hamelin devenait une intelligence supérieure, posée sur le piédestal d'un savant.

Un jour, alors qu'elle avait sept ou huit ans, Jeanne l'avait accompagné dans l'ouest de la ville pour une course. Un passant avait demandé à Raoul un renseignement – assuma-t-il du moins – dans un anglais qui eût tout aussi bien pu être du cantonais. « I'm. sorry, sir, I don't speak english ! » avait récité Raoul sans trop y mettre de son accent. Par la suite, il avait su que Jeanne colportait que son grand-père ne parlait pas seulement l'allemand – Raoul savait compter jusqu'à dix dans la langue de Goethe –, mais l'anglais le plus pur. Raoul

Hamelin s'était bien entendu gardé de démentir la fillette.

Jeanne enceinte ! se dit-il. D'abord Julie, puis coup sur coup Nathalie et Jeanne. Trois fois arrière-grand-père en moins d'un an.

Ces pensées ramenèrent l'agonisant à l'idée de sa prochaine mort. Verrait-il l'enfant de sa petite Jeanne avant de mourir ? Raoul Hamelin en doutait.

Il entamait son second mois d'institution, défiant le verdict du médecin qui lui avait annoncé une vingtaine de jours de sursis, au plus. Un cancer généralisé rongeait le grand-père, à petites bouchées.

Jeanne leva la tête.

— Hey ! T'es réveillé, mon pèpèye, dit-elle en se levant.

Elle l'embrassa.

— Ça fait longtemps que tu dormais ? lui demanda-t-elle.

— Deux, trois jours, répondit le grand-père avec un sourire amusé.

— Change de joke, pèpèye, est rendue vieille celle-là !

— ...

— Mmm. Tu sens bon, reprit-elle. Ils t'ont poudré ce matin ?

Et Jeanne se mit à raconter sa journée de la veille, sa course au CLSC, l'achat d'un berceau. Elle lui raconta jusqu'à son marché dans les moindres détails. Lorsque Jeanne parlait, elle oubliait de se sentir tristes et Raoul, qu'il était presque devenu muet.

— J'ai trouvé une super chaise berçante dans un bazar. Je l'ai achetée pour toi. Je l'ai mise sur la galerie, tu vas venir te bercer chez nous bientôt, dit Jeanne.

— Merci. T'es fine... répondit Raoul simplement.

Son grand-père achevait, mais Jeanne refusait de s'en rendre compte et y parvenait plutôt bien. Sans cesse, la jeune fille parsemait son discours de « Tu vas voir... », « Quand tu vas sortir d'ici... », « L'année prochaine », etc.

Une infirmière entra dans la chambre. Une injection de morphine, encore. Raoul Hamelin sombra dans le sommeil presque immédiatement et Jeanne, dans ses pensées.

Quelques minutes plus tard, un bruit inhabituel parvint du corridor et tira Jeanne de sa bulle. L'instant d'après, Serge Hamelin, trente-cinq ans, divorcé, tenacement odorant et visiblement éméché, fit irruption dans la petite chambre, poursuivi par une infirmière prête à charger comme un tank.

— C'est correct, dit Jeanne avec un sourire embarrassé. C'est mon oncle. C'est son père, ajouta-t-elle en pointant son grand-père de la main.

L'infirmière sortit. Serge s'assit et fit mine de reprendre calmement son souffle.

— Salut, Jeannette, dit-il enfin. Tu lâches pas, ça a l'air ? Tu l'aimes donc tant que ça, ton grand-père ?

— Ça va bien, Serge ? s'enquit plutôt Jeanne. Veux-tu un verre d'eau ?

— Ha ! Ha ! Ha ! fit Serge comme s'il forçait chacune des syllabes hors de son gosier. T'es drôle, la nièce, à matin ! De l'eau ! C'est quoi, tu veux-tu m'baptiser ? Et il se remit à rire comme une crécelle brisée.

Jeanne, glacée par le rire de son oncle, ne répondit pas. Elle jeta un coup d'œil inquiet sur son grand-père. Il avait les yeux clos.

Immobile et silencieux, Serge contempla longuement le vieux corps verdâtre et strié de veines saillantes avant de s'attarder sur le visage osseux, méconnaissable sans ses lunettes ni son dentier. Un rictus de dégoût déformait la bouche de Serge qui se mit brusquement à trembler, l'œil mauvais.

Tout se passa ensuite très rapidement. Le fils étira le bras, sembla hésiter un instant, mais sa main déjà levée suivit docilement la trajectoire prévue et alla s'aplatir bruyamment sur la joue de son père.

275

Sous le choc, Raoul Hamelin ouvrit les paupières et contempla son plus jeune fils à travers un brouillard qu'il eût certes souhaité plus opaque, surpris de ne rien avoir senti de la gifle sinon le mouvement. La morphine était bien dosée.

Cependant, Serge s'excitait. Un soufflet retentissant suivit, puis une autre gifle. Le jeune Hamelin, dans sa rage méthodique, économisait le moindre de ses mouvements.

Jeanne, d'abord clouée sur son siège par la violence inattendue de son oncle, se rua enfin sur la sonnette au troisième coup. Ensuite, elle se dandina aussi vite qu'elle le put vers le corridor pour demander de l'aide plus rapidement.

— Hein ? Comme ça, y paraît que tu vas crever, l'bonhomme ! dit Serge au moribond terrorisé, d'une voix étonnamment neutre.

Une gifle l'interrompit une seconde. Il reprit :

— Hein, l'bonhomme ? Tu vas crever ? Ça veux-tu dire qu'y aura pu jamais d'main dans les culottes ? T'en souviens-tu, au moins, d'ta main dans les culottes ? Dans mes culottes !

Vlan !

— Hein, l'bonhomme ? T'aimais ça, toé, ce qu'il y avait en dedans des culottes, pas vrai ? Les miennes pis celles de mes frères, pis les culottes des servants de messe, aussi.

Et vlan !

Serge frappait de plus en plus furieusement. Il écumait.

Deux préposés, costauds et décidés, arrivèrent alors dans la chambre à toute allure, suivis par une Jeanne défaite, parfaitement déboussolée. Ils mirent promptement Serge hors jeu et hors de la chambre. Une infirmière placide s'assura que son patient était toujours branché et respirait convenablement.

Jeanne, écroulée sur son fauteuil, se tenait le ventre à deux mains, choquée sans mesure, hésitant entre demeurer et soigner son grand-père ou courir derrière son soûlon d'oncle et le massacrer. Bien entendu, elle demeura dans la chambre et s'approcha de son grand-père pour le réconforter. Il n'ouvrit pas les yeux.

Claude Hamelin, le fils aîné de Raoul, entra peu après. La mine de Jeanne était sans équivoque, aussi s'adressa-t-il d'abord à sa nièce.

— Va te reposer, chu là, lui dit-il.

— Serge vient de sortir, répondit-elle. Saoul pis complètement fou.

— Je l'sais. J'l'ai vu.

Claude jeta un regard vers son père. Il avait l'air de dormir. Jeanne, en peu de mots, lui raconta la scène.

— J'te dis, Claude, y'était tellement saoul, je pensais qu'il allait le tuer, conclut-elle dans un sanglot nerveux.

— Calme-toi, Jeanne. Je reviens, dit Claude.

Deux jours plus tard…

Élizabeth Fournier bouillait trop pour prendre l'ascenseur. Elle monta l'escalier de service, insatisfaite du peu de tapage qu'elle menait. On aurait dit qu'elle voulait faire trembler l'édifice, comme pour se purger de sa colère à coups de talon.

Enfin, elle arriva au troisième étage et se présenta au poste des infirmiers. Elle s'adressa au premier qu'elle aperçut :

— Je cherche Raoul Hamelin. Je suis sa fille.

Élizabeth se rendait au chevet de son père pour la première fois depuis qu'il était hospitalisé. Elle ne voulait pas perdre son temps à le chercher parmi les mourants.

Sans l'apercevoir nettement, Raoul Hamelin reconnut sa fille. Il frémit car il appréhendait cette visite depuis si longtemps qu'il avait fini par espérer la craindre pour rien, qu'Élizabeth ne viendrait pas et le laisserait en paix.

— Jeanne, sors d'icitte dix minutes, dit-elle à sa fille.

L'ordre était sec et sans salutations, Élizabeth était dans un état second.

Jeanne, abasourdie de voir sa mère, se leva prestement et sortit.

Élizabeth ferma la porte et retira son manteau. Le vieillard voulut parler, mais la morphine avait coupé la connexion, aucun son n'émergea de sa bouche, laquelle au demeurant ne s'ouvrit pas. De toute manière, Élizabeth fonçait déjà. Elle n'était pas venue l'entendre, mais lui parler.

— Tu t'en vas ? demanda-t-elle d'entrée de jeu. Hein ? Tu t'en vas rejoindre ta gang en enfer ?

Dans son lit, le vieillard s'agita autant qu'il put, soit très peu. Élizabeth prit une longue inspiration et reprit plus calmement, le regard mauvais cependant :

— Y'en est pas question ! Là, chu icitte, pis là, tu vas d'mander pardon.

Le moribond tenta un geste, en vain. Son corps ne lui obéissait plus.

Élizabeth regardait son père, et lorsqu'elle vit ses yeux s'embuer, une moue de mépris lui allongea les lèvres vers le menton.

— Y'est un peu tard, tu penses pas, pour te mettre à brailler ? lança-t-elle lorsqu'une larme s'échappa de l'œil vitreux du mourant.

Raoul Hamelin ferma les yeux un instant, mais sa fille le rappela au présent.

— Ah non ! Pas aujourd'hui ! Aujourd'hui, tu payes, mon ostie, aujourd'hui t'expies… Enweye !

Joignant le geste à la parole, Élizabeth réunit les deux mains du moribond de façon à les mettre en prière, sans dissimuler la répulsion qui la saisit au contact de la chair son père.

— Moé, j'parle, toé, tu d'mandes pardon. T'as-tu compris ? demanda-t-elle encore.

Raoul Hamelin, terrorisé, fit signe qu'il acquiesçait, en battant rapidement des paupières.

Élizabeth se lança alors dans un long monologue, un acte d'accusation formel par lequel elle se libéra de son impuissance de jeune fille, de son dégoût de mère, de son mépris de femme, enfin, pour l'homme qu'elle s'accusait d'avoir osé un jour pardonner.

— Parce que j'te l'ai donnée, ta chance, mon ostie, j'te l'ai donnée. Mais comme un malade, un maniaque que t'es, t'as pas été capable, t'as continué. T'avais soixante-dix ans, ciboire ! T'aurais pu m'faire perdre toute c'que j'avais. Ben non… Monsieur avait besoin de la queue d'un enfant de quatre ans pour bander, Monsieur pouvait pu s'en passer, Monsieur pensait juste à Monsieur…

Élizabeth s'alluma une cigarette et reprit :

— Pis mes filles ! Hein ? Jeanne ? T'as-tu déjà pensé à ma Jeanne qui t'aimait trop pour qu'on y dise quelle sorte de crotté t'étais ? Pfff ! J'aurais dû en tout cas, j'aurais dû toute y dire. Quand j'pense que ma propre fille vient torcher un vieux pourri comme toé…

Élizabeth finit par se calmer et vingt minutes passèrent en silence. Raoul regardait le plafond, sa fille, agenouillée, priait.

Enfin, elle se leva et posa un baiser sur le front de son père.

— C'est au bon Dieu à décider à c't'heure. Bon voyage! dit-elle dans un murmure, avant de le quitter.

Dans le corridor, elle faillit foncer dans sa fille. Jeanne était sortie, mais elle était restée près de la porte, curieuse d'entendre ce que sa mère avait à dire à son grand-père.

Deux jours plus tard…

Par l'escalier de service, deux brancardiers descendirent le corps de Raoul Hamelin, si menu qu'il rebondissait sur la civière à chaque cahot. Un linceul gris l'enveloppait, clos par une fermeture éclair.

Jeanne et sa mère, silencieuses, suivaient du regard et de l'extérieur le grossier cortège. Lorsque le corps fut embarqué dans le véhicule de la morgue et les portières refermées, Jeanne parla enfin.

— J'imagine qu'on pourra pas l'exposer… Hein, m'man?

Le Journal de Jeanne

Montréal, 16 novembre 1988

On dirait que je vais passer ma vie à changer de vie.

Y'a pas juste la mort, dans la vie.

Je trouve ça trop comique d'être enceinte. Julie vient d'accoucher, Nathalie est enceinte elle aussi, y'a ben juste Chantal qui a pas suivi. Ma mère va être trois fois grand-mère à quarante ans, c'est fou.

Je m'imagine tellement pas avec un bébé, ça va être *weird*.

Ce sera un petit Écossais, je pense. À moins que je ne sois tombée enceinte du gars qui m'a ramassée sur le pouce en partant d'Aberdeen. Si c'est lui, ce sera un petit Français, mais ça m'étonnerait.

C'est trop bizarre, j'étais tellement amoureuse de Josh, j'ai du mal à croire qu'il me répugne autant, maintenant. Mais le fait est que je ne peux littéralement plus le sentir. On est loin de la classique, il ne m'a pas sacrée là parce que j'étais enceinte, c'est plutôt le contraire. C'est moi qui lui ai demandé de partir, de retourner en Écosse ou n'importe où, mais hors de ma vue et surtout, hors de ma vie. C'est déjà ben assez de penser que je vais avoir un bébé tout le temps, je peux pas imaginer que j'aurais un père dans les pattes aussi. Ça fitte comme juste pas dans mes pensées.

De toute façon, je vais être capable de m'arranger toute seule, comme ma mère. Elle avait mon père, bien sûr, mais pas si souvent que ça, et franchement, c'était pas mal plus simple quand il était pas là. En plus, sans gars, je vais pouvoir continuer à voyager comme ça me tente, sans personne pour me dire où aller, ou encore pire, me dire de rester. Je serai pas toute seule avec mon bébé. Y'a pas juste les couples, dans la vie ; des amis, c'est ben plus fiable.

Une chance que je suis partie. Juste six mois, mais ce voyage-là m'a fait débarquer des rails, complètement. Avant, j'étais en dehors de la track, comme on dit, mais je la suivais pareil, la track. Je la longeais si on veut. Là, c'est fini, je suis out pour vrai. O-U-T.

C'était facile, pour quelque chose qui avait l'air si compliqué. T'achètes un billet d'avion, tu cours au bureau des passe-ports, pis tu pars. Le reste, ça sert à rien d'essayer de le prévoir. En tout cas, j'aurais pas été capable d'imaginer le centième de ce voyage-là, c'est clair.

L'Europe, c'est pas intéressant en soi, mais pour moi, ça a été une sorte d'initiation à... moi. Je ne suis plus la fille qui est partie, je suis la fille qui est revenue.

J'ai comme abandonné tout le monde, j'ai plus le goût d'avoir les mêmes amis. J'ai connu tellement de personnes tripantes là-bas, ça doit bien exister ici aussi. J'ai envie que ma vie commence maintenant. J'ai déjà dix-huit ans, c'est un bon âge pour naître, je trouve.

Depuis que j'ai annoncé à tout le monde que j'étais enceinte, ma marraine me lâche pas. Elle voudrait être marraine de mon bébé comme elle a été la mienne et celle de ma mère. Sincèrement, je sais pas comment lui dire ça, mais j'aurais plutôt envie de casser la boucle. Une vie neuve, je veux une vie complètement, parfaitement neuve.

C'est pas que je les aime pas, mes tantes, mes oncles, mes sœurs. Ben, un peu, mais pas dans le sens où je les déteste. Ça s'oppose pas. J'aime pas ma famille comme j'aime pas les anchois. J'passe pas mon temps à haïr ça, j'en mange juste pas.

C'est pas que je les aime pas, donc, c'est rien que je m'en fous. Y'en a du monde, sur la planète. Pis y'en a, des façons de faire. Je vois pas pourquoi je choisirais cette gang-là spécialement, je leur ressemble tellement pas.

Aux funérailles de mon grand-père, y'a eu un moment *weird* où je me suis sentie zappée en dehors de la scène. Je me voyais au milieu des autres, en train de hocher la tête, de rire de leurs jokes, de leur parler, même, comme si de rien n'était, comme si mon grand-père n'était pas couché dans son cercueil ouvert, au fond de la petite salle. Je me voyais de l'extérieur et de haut, personnage et caméraman à la fois.

Ça m'a donné envie de m'en aller. Pas juste du salon funéraire, mais de chez les Fournier, de chez les Brisebois, de chez les Hamelin. De chez tout le monde, finalement.

Quand j'étais petite, je rêvais d'être vagabonde. Je me fabriquais des baluchons pour faire plus vrai, et je partais, dans ma tête, à l'aventure. Pas de sœurs, pas de mère, personne, je décollais toute seule, à pied, vers rien.

Haha! Je vais être maman. Faut toujours que je me le rappelle, j'en reviens tellement pas. Je ne suis pas la seule à ne pas en revenir, faut dire, je me fais regarder comme une bibitte, sur la rue. J'ai trop l'air ti-cul, mon gros ventre choque les bonnes femmes.

Tant mieux si ça recommence avec une naissance. C'est pas la fin du monde, un bébé. J'en ai assez torché pis traîné partout, c'est pas comme si ma vie allait s'arrêter. J'aimerais ça avoir un gars en tout cas.

Jeanne la sorcière vagabonde. Ça ferait un beau titre de roman nul, ça. Suivez les aventures de Jeanne la vagabonde, mère, sorcière et romancière à ses heures, une fille qui en a plein le cul d'être une sorte de personnage chez les autres et qui, d'un coup de talon, décide de changer d'histoire.

Je niaise, mais un jour, je vais écrire un livre, j'aimerais ça. Bon, je radote.

Montréal, 23 novembre 1988

Je reviens d'une espèce de formation pour les futures mamans. Ouf! Moi qui pensais qu'on allait nous montrer à changer des couches et d'autres niaiseries que je savais déjà, j'ai pris une estie de claque...

L'infirmière a l'air de dire que même dans notre ventre, le bébé ressent tout, entend tout, perçoit tout de nos gestes et de nos pensées.

SHIT! Le plus con, c'est que ça se peut.

Montréal, 24 novembre 1988

Bonjour toi.

Je vais suivre le conseil de l'infirmière et t'écrire une lettre que tu ne liras jamais.

J'ai eu un petit choc hier, tu sais... Ben oui, tu le sais, il paraît que tu sais tout, que tu ressens tout, que tu perçois tout. Et moi qui pensais suivre ce petit cours prénatal pour passer le temps en t'attendant, à regarder une gang de tartes apprendre à tenir un biberon comme du monde... Ça m'apprendra à penser que j'ai tout compris sur les bébés.

Donc, tu étais là, dans mon ventre et dans ma tête, quand…

Ouin, c'est plus difficile à écrire que ça en a l'air… J'ai pas vraiment honte et je ne regrette rien, mais, comment dire, ça fait drôle de raconter ça à un bébé pas encore né.

Es-tu une fille ou un garçon, au fait ? As-tu déjà des cheveux ? Je suis sûre que t'es le plus beau bébé du monde, j'ai vraiment hâte de te voir.

Je sais, je m'éloigne… C'est pas simple, je te jure.

Je vais te raconter une histoire, tiens. L'histoire de quand t'existais pas. Après, tu comprendras mieux pourquoi j'ai fait ce que j'ai fait, et si t'es un enfant normal, tu ne me jugeras pas.

J'ai été une petite fille avant d'être porteuse de ta vie…

Whouuuu ! Ça sonne poète, ça. Parenthèse en passant, rien ne m'écœure plus que la poésie. Je rayerais volontiers cette phrase nulle – « porteuse de ta vie », franchement ! –, mais l'infirmière a suggéré d'écrire d'une *shot*, et de ne surtout rien raturer.

Alors je continue.

J'ai donc été une petite fille un jour, avant d'être enceinte de toi. Une petite fille ni heureuse ni malheureuse, peut-être juste un petit peu trop timide à mon goût. On naît comme on est, et je suis née gênée, c'est tout. Je sais pas pourquoi je précise ça, ça n'a aucun rapport.

Je suis encore une petite fille, dans beaucoup de sens. Pas que je sois fragile, je ne le suis pas, mais je suis un peu niaiseuse, des fois. Je ne comprends pas tout, disons. Et je sais très peu de choses, ça aide pas. Mais bientôt, quand tu vas être né en fait, je vais retourner à l'école. Je vais finir mon cégep pour commencer, et après, j'irai à l'université. J'aimerais ça être prof de français. Tu veux quand même pas avoir une mère sur le BS qui s'engraisse le cul à longueur de journée en mangeant des chips, hein ? Oups. On dirait que j'oublie que je parle à un bébé. C'est niaiseux ce que j'écris. Lis pas cette partie-là.

J'avais trois sœurs. Je les ai encore d'ailleurs, mais je les vois pas tellement souvent. On se chicane pas, mais on dirait qu'on ne se connaît plus, depuis le temps. C'est pas ben grave, chaque fois que je les vois, je me dis qu'on n'a pas rapport ensemble.

On ne choisit pas sa famille et c'est décidément bien dommage. Premièrement, j'aurais choisi des frères. Pis si j'avais pas eu le choix à ce point-là, j'aurais sûrement pas choisi ces sœurs-là. Sont plates.

La plus grande s'appelle Nathalie. Elle a quatre ans de plus que moi, mais on dirait une vieille tellement elle fait « madame ». Elle travaille comme caissière dans une Caisse populaire. Elle, je la vois vraiment jamais. Elle est partie rester avec son nouveau chum dans le coin de Rawdon, je vais jamais là. Un jour, checke ben ça, je vais la croiser sur la rue pis je me souviendrai même plus de son prénom.

Chantal, je la vois un peu plus souvent, mais c'est juste parce qu'elle se retrouve tout le temps dans la marde pis qu'elle a besoin de tout le monde. Un peu gluante, la Chantal, mais pas méchante. Je sais pas ce qu'elle va devenir celle-là, on dirait qu'elle est pas capable de garder un ou une amie plus que trois jours. Une semaine quand elle est moins pire. J'exagère, mais pas tant que ça, elle a vraiment un caractère digne d'une caricature, on dirait qu'elle fait tout pour que tout le monde la haïsse. C'est pas elle qui est plate, c'est sa vie. En fin de compte, ça revient au même. Pas le genre de fille que tu vois pis que tu te dis « Wow ! Je veux trop que ce soit ma sœur », disons.

La Julie, c'est une autre affaire. Du genre que tu retournerais au magasin pour l'échanger, pis tu serais tellement content qu'ils la reprennent que tu demanderais même pas de te faire rembourser. Elle vient d'avoir un bébé, imagine-toi. Pauvre petit, ça sera pas drôle pour lui. S'il est chanceux, elle va finir par le faire adopter ou le placer.

Anyway. Tout ça pour dire que j'ai trois sœurs, mais que t'auras pas de tantes, promis.

Jusqu'à quatorze ans, j'avais ma mère et mon père. Ta grand-mère s'appelle Élizabeth et je l'ai toujours aimée, même si j'ai souvent pensé le contraire. On a juste une mère, il faut l'aimer. Ceci est un message subliminal, en passant, mon ti-pit!

Bon, okay, j'arrête de niaiser. Je vais essayer d'être sérieuse, pour une fois. Pas facile, j'ai la manie de toujours dire des conneries quand je suis mal à l'aise et en ce moment, je suis plus qu'inconfortable. En passant, je ne te conte pas ma vie pour te conter ma vie, mais juste pour que tu comprennes un peu mieux. Le contexte. Comme disait mon prof de français, c'est essentiel, le contexte.

Ton grand-père s'appelait René Fournier et je le détestais. J'ai plus ou moins oublié pourquoi, mais c'est un fait que je n'aimais pas cet homme-là. Et crois-moi, il me l'a bien rendu. Je le déteste moins, maintenant, ça ressemble plus à une grande indifférence. Au fond, la vérité est que je le connais presque pas et que j'ai le sentiment que je ne perds pas grand-chose. C'était un trou de cul, ton grand-père, on me l'a tellement répété. Ce serait étonnant qu'il change. Peut-être le rencontreras-tu un de ces jours, mais je ne te le souhaite pas.

Ma mère, oui, mon père, non.

Si j'étais toi, c'est Julien, le chum de ma mère, que j'appellerais grand-papa. Lui, il va t'aimer c'est certain. Il t'aime d'ailleurs déjà. Je suis contente que ma mère soit tombée sur un gars comme lui. Il est tout le contraire de mon père, aussi comique que mon père était bête. C'est pas rien, je te le jure!

Il a vraiment l'air d'aimer ma mère, de la trouver belle pis toute.

Tu sais, j'essaie pas de te dire quoi penser. Tu feras bien ce que tu voudras. Mais sois averti sur le monde qui t'entoure, fais-toi pas avoir comme moi, je me suis fait avoir. Attends, tu vas comprendre tantôt.

Quand j'étais petite, les personnes que j'aimais le plus au monde à part ma mère, c'était mes grands-parents. Ils s'appelaient Raoul et Rosanna. Ma grand-mère s'appelle encore comme ça pis mon grand-père... Ben tu le sais, tu étais déjà dans mon ventre, il ne s'appelle plus rien pantoute.

Ces deux-là m'ont jamais fait me sentir comme un poids, ils m'ont jamais reproché d'être venue au monde dans leur famille. Même que j'ai toujours eu l'impression que s'ils l'avaient pu, ils m'auraient carrément choisie. Ça a l'air de rien, mais ça fait du bien de penser ça.

(...)

J'étais en train de me demander si je t'avais choisi. Pas vraiment, je pense, mais peut-être que oui. Inconsciemment. Il y a un paquet de théories là-dessus, un prof de psycho nous en parlait, au cégep. *Anyway*, choisi ou pas choisi, ça change rien, je suis certaine que tu es un bébé parfait et je t'aime déjà. J'ai hâte de te voir.

Okay, okay, je continue, je continue...

J'ai passé pas mal de temps en centre d'accueil. Je sais pas trop quoi en penser, c'est certain que ça m'a un peu maganée. Mais peut-être que ça aurait été pire si j'étais restée chez ma mère ? On le sait pas, on le saura jamais. C'est fait, c'est fini, c'est passé. Il faut regarder devant.

J'ai quand même passé proche de mal finir, quand je repense à ça. La drogue, mine de rien, c'est pas donné, ça coûte super cher. Pis de toute façon, c'était ben tripant au début, mais un moment donné j'exagérais ben trop, il fallait que j'arrête. Ça fait que j'ai arrêté. Facile de même, comme si j'avais jamais rien fumé pis sniffé de ma vie. C'est fou, hein ? C'est dans la tête, juste dans la tête. Ma tête était tannée, mon corps a dit okay. Pas longtemps après, je suis partie en voyage. C'est là que je t'ai fait, t'sais ?

(...)

Excuse-moi, j'étais dans la lune.

Bon, j'en étais où ?

Ah, pis fuck, je vais tout te dire d'un coup. Ton arrière-grand-père était un pédophile qui a violé ses quatre garçons, qui les a loués à ses propres amis et qui a même abusé d'un ti-cul de quatre ans qui habitait chez nous quand j'étais petite. Okay ? Comprends-tu un peu ce que ça a voulu dire pour moi ? Il a violé un ti-cul chez nous. Pendant que j'étais petite pis que j'étais là.

Pendant que j'étais là, façon de parler. Il faisait pas ça devant moi ! Je savais rien pantoute, justement. Je pensais que mon pèpèye était le plus... je sais pas. Le meilleur grand-père du monde, en tout cas.

(...)

Mais au fond, mon pèpèye était juste un vieux crisse.

Ouf. J'avance, j'avance, je vais finir par cracher. C'est pas si pire, finalement...

Sauf que c'était un vieux crisse pour les autres, tu comprends ? Pas pour moi. Il ne m'a jamais rien fait, à moi. Il a toujours été mon pèpèye, mon ti-grand-père à moi. Celui qui m'écoutait, celui qui m'aimait. Le seul qui avait de l'allure dans cette gang de fous.

C'est un peu à cause de tout ça que...

C'est drôle, c'est vraiment dur à écrire noir sur blanc.

Pourquoi j'ai fait ça ? Parce que je pouvais pas supporter qu'on le salisse encore plus devant moi, je pouvais plus endurer qu'on le ramène à une chose hideuse sans âme, avec juste une queue. C'était pas seulement un homme mauvais. Personne se résume à ce qu'il fait.

(...)

Je pensais à tout ça, au bien, au mal, à ce que j'en savais, de toute façon. Je me suis dit que si tout me poussait par là, ça devait être la bonne chose à faire.

J'étais dans sa chambre, à l'hôpital, comme d'habitude. J'ai attendu que l'infirmière parte. Elle passait toutes les heures ou à peu près. Les visiteurs venaient généralement juste le soir. J'avais tout mon temps.

Ça a pris deux *rounds* d'infirmière avant que je me décide. C'était banal pis ça l'était pas. Une seconde, je me disais : « Go » ; l'autre : « Non, pas tout de suite ». Pas si facile que ça en a l'air, de donner un p'tit coup de pied dans le cul du destin.

Mon grand-père dormait. Je l'ai regardé dans les paupières par-dessus ses yeux bleus. Ça m'a fait penser au lac Alouette, quand il s'endormait sur une chaise longue après une couple de bières. On allait voir ses paupières, pour juger mystérieusement s'il était « réveillable » ou non.

Je l'ai regardé, il était réveillable. Je l'ai juste laissé dormir, au fond.

J'ai pris le sac de plastique que j'avais apporté. Un sac blanc. Je l'ai posé sur son visage pour couvrir sa bouche et son nez. Ensuite, j'ai mis l'oreiller sur le sac et je me suis appuyée dessus.

Il a eu quelques spasmes, mais il était si faible… Ses mouvements se mêlaient aux miens, je pleurais comme une fontaine.

Avec la morphine, il a rien senti, c'est certain.

Je l'ai tué, voilà. J'ai assassiné mon grand-père. Le crime parfait qui ne laisse pas de traces.

Crime parfait, je charrie, je pense que ma mère s'est doutée de quelque chose. Je l'ai senti à sa façon de ne rien dire, de ne poser aucune question. Une sorte d'approbation muette, si on veut.

C'est pas si grave, il serait mort pareil, un jour ou l'autre. Mais il serait mort encore plus sale et moi, j'en pouvais plus.

J'ai gardé le sac blanc. Je vais toujours le garder. Une sorte de souvenir un peu morbide, mais je voudrais pas oublier.

Comprends-tu ?

Mon grand-père, c'était tellement QUELQU'UN pour moi quand j'étais petite. Le plus intelligent, le plus relax, le plus vrai, le plus toute. Pis du jour au lendemain, bang ! mon pèpèye est un monstre. C'est dur à avaler. Je te l'ai dit, il ne m'a jamais rien fait, à moi. Je vois mal pourquoi je lui en aurais voulu à la place des autres.

Des fois, je regarde mon petit sac blanc, pis je revois des bouts de la scène. Ça me fait penser, mais ça me fait pas pleurer.

Le verbe « tuer » a juste quatre lettres. C'est court pareil. Comme « être, oser, agir, fuir ». Y'en a plein.

(…)

Aux funérailles de mon grand-père, j'ai apporté des fleurs pour sa tombe. C'était inutile, mais ça m'a fait du bien. C'est ça qui compte. Des fleurs jaunes. Parce que le jaune, j'pense que ça veut rien dire.

Des fois, je me dis qu'un traumatisme, c'est juste une sorte de mauvaise digestion, une affaire qui passe pas. Digère, digère... Sois pas traumatisé, ça sert à rien. Il faut comprendre, il faut tellement juste comprendre.

Comprendre, comprendre, comprendre.

Hahahahaha ! J'écrivais de même, quand j'étais petite !

Vas-tu écrire, toi ? Je te souhaite que oui. T'as pas idée à quel point ça m'a fait du bien, quand j'étais plus jeune, de me vidanger la tête sur des feuilles lignées. Si j'avais pas été capable d'écrire, je pense que j'aurais fini par me tuer tellement, des fois, j'étais trop pleine de sales idées.

Là, je suis grande, j'écris un roman. C'est facile, je fais juste raconter les histoires de fous de ma famille. Ça me fait du bien, ça me vide la tête pour commencer ma nouvelle vie. T'es pas encore né mais tu me donnes déjà le goût de vivre cent ans. Avec toi. Sans les Autres.

Jeanne

Francine Lacombe

La Presse

La jeune romancière Jeanne Fournier, auteure de *Marie chez les Autres*, est décédée hier dans un violent accident. Elle avait vingt ans.

Le milieu littéraire francophone est sous le choc. Dans un touchant communiqué, les éditions du Scorpion ont confirmé que Jeanne Fournier, bien connue du grand public pour son roman *Marie chez les Autres*, a perdu la vie hier matin dans un terrible accident impliquant deux véhicules, sur la route 117, dans les Laurentides.

« Jeanne Fournier venait tout juste d'obtenir son permis de conduire, explique son instructeur et ami, Paul Bélair. Hier, elle a décidé de prendre la route seule, pour la première fois. »

Pour des raisons encore inconnues, le véhicule que la jeune femme conduisait a subitement dévié de sa trajectoire pour aller percuter de plein fouet une camionnette arrivant en sens inverse. Une enquête a été ordonnée pour éclaircir l'origine de cet accident.

Les proches de la jeune auteure sont dévastés. Élizabeth Hamelin, la mère de Jeanne, s'est adressée brièvement à nos caméras avant de fondre en larmes. « C'est épouvantable, a jeté la mère dans un souffle. Ma fille commençait à peine à vivre. »

Mère et auteure

Jeanne Fournier laisse également dans le deuil Loïc Fournier, son fils de dix-huit mois. Plusieurs sources affirment que l'enfant, dont le père n'a jamais été officiellement déclaré, aurait été temporairement confié à Julie Fournier, l'une de ses tantes. Le sort du jeune orphelin devrait se décider au cours des prochaines semaines.

Visiblement ébranlé par la triste nouvelle, l'agent de Jeanne Fournier, Louis Grenier, s'est adressé aux journalistes ce matin : « C'est une grande perte pour le monde de la littérature, et un véritable drame pour son entourage immédiat. »

Très ému, monsieur Grenier a dû s'éloigner quelques minutes pour retrouver son calme et poursuivre son allocution. « Jeanne Fournier, a-t-il ajouté, était une écrivaine dans l'âme. C'était une petite fille qui s'est mise à écrire quand elle a commencé à épeler, une petite fille qui a livré pratiquement toute sa vie à ses fameux cahiers lignés, une petite fille, surtout, qui n'avait que vingt ans. Je suis bouleversé de parler d'elle au passé. »

Rappelons que Jeanne Fournier est née à Montréal, le 7 janvier 1970. Après une enfance tumultueuse dans une famille dysfonctionnelle et un long séjour en centre d'accueil à l'adolescence, la jeune adulte part visiter l'Europe pour étancher une grande soif de liberté. De retour au Québec, elle se rend compte qu'elle est enceinte et profite de sa grossesse et de la lente agonie de son grand-père pour se mettre à écrire au chevet de ce dernier.

Son roman, *Marie chez les Autres*, est un assemblage de tableaux racontant une série d'anecdotes familiales à travers lesquels la petite Jeanne prend parfois la parole au « je », en écrivant son journal. Un roman touchant.

Remerciements

J'ai comme envie de faire ma têteuse et de remercier les cinq pères de mes enfants d'avoir indirectement participé à la vie que je mène et que j'adore. C'est l'fun, être libre.

Sinon, ben...

M. G. m'a emmerdée, m'a fait chier et m'a écœurée ben raide pendant de longues semaines. Et il continue de m'énerver en m'empêchant de citer son nom. Mais si j'en suis là, c'est tellement grâce à lui que je ne sais pas comment lui dire merci. Je vais l'inviter chez le Viet, j'cré ben. Au moins deux fois.

Vous connaissez Laurence Dubois? L'incontournable amie qui lit comme une machine, voit tous les défauts d'un texte, fait des suggestions (tellement logiques que t'as honte de pas y avoir pensé tout seul) et qui en plus a même pas l'air de te critiquer! Merci mille fois Laurence, si ça se tient, c'est beaucoup grâce à toi. (Pis si ça se tient pas, c'est de sa faute. Évidemment.)

Merci à ma petite Julie Drolet – pas mal plus subtile que Mister M. G. et ses gros coups de sabots dans mon pauvre derrière – d'avoir cru en moi. Je me suis mise à y croire un peu aussi, parce que je la trouve *hot* et que je crois tout ce qu'elle dit.

À Michel Vézina, éditeur dévoué devant l'éternel, aussi professionnel qu'amical : merci d'avoir... insisté ! Ça a crissement flatté mon ego. Mais merci surtout d'avoir pris le temps d'être comme t'es, intelligent, honnête et diplomate, rassurant au boutte, présent. Merci aussi pour le lunch à L'Express ! ;-)

Chère Mélinda Wilson, je t'en dois toute une ! Merci d'avoir pris le temps de lire et de sabrer sans pitié dans mon manuscrit lors de ton passage en Haïti. Ce fut réparateur, pour le moins. Amen !

Fleur, je ne la connais pas : c'est l'œil magique qui a scruté mon texte pour y dépister un paquet de défauts. Je ne la connais pas, mais j'aimerais ça. Merci !

Et vous autres ! Ah oui, tous vous autres qui m'avez tellement aidée en lisant et en commentant mon manuscrit. Vous autres dont je ne connais pas les trois quarts en personne (vive les réseaux sociaux, quand même !), sachez que j'ai apprécié le geste à sa juste valeur : je vous aurais jamais offert la pareille, je suis ben trop paresseuse. Merci pour tous les petits changements, parfois les pages entières, que je dois à votre perspicacité. C'est quand même cool, je trouve.

On y va par ordre alphabétique ? Un grand merci, donc, à Caroline Lavoie, Christian Hamel, Élise Gagnon, Éric Bloch, Hélène Blois, Isabelle Nodorakis, Johanne Betez, Louis

Gamache, Martin Jarry, Nathalie Ragheb, Nicolas Garcia, Noémie Simard-Rousseau, Pascale Simard, Pierre Hédé, Romy Bélanger et Sandra Chartrand.

Non-remerciements

À Jean-Pol Passet, parce qu'il me l'a demandé.
À Patrice Berthiaume, juste pour l'écœurer.

Achevé d'imprimer en août 2013 sur les presses de l'imprimerie Gauvin.
Cet ouvrage est entièrement produit au Québec.